JORGE IBARGÜENGOITIA: LA LEY DE HERODES

Éste es el único libro de cuentos que escribió como tal Jorge Ibargüengoitia. No lo son, propiamente; se trata más bien de ficciones sobre un fondo autobiográfico que cabría hoy caracterizar como brevísimas comedias de situaciones. En ellos, el narrador es víctima de mendigos y mentirosos, de la mezquindad, el tartufismo y otras manías, en una serie de enredos domésticos y amores frustrados.

En cada uno de estos relatos resalta ese ajuste impecable entre los recursos literarios y la intención —implacable— que define de manera inconfundible el estilo de Ibargüengoitia. Como el resto de su obra narrativa, *La ley de Herodes* exige la total complicidad del lector a quien, en cada desenlace, le resulta difícil reprimir ese regocijo íntimo que se experimenta luego de un desquite merecido, de una venganza incruenta, y es el único y último recurso, a veces, de la ingenuidad ante la malicia.

J O A Q U Í N   M O R T I Z

Ilustración de la cubierta
y fotografía contraportada: Joy Laville

OBRAS DE
JORGE IBARGÜENGOITIA

narrativa

Los relámpagos de agosto
La ley de Herodes
Maten al león
Estas ruinas que ves
Las muertas
Dos crímenes
Los pasos de López

teatro

Susana y los jóvenes
Clotilde en su casa
La lucha con el ángel
Llegó Margó
Ante varias esfinges
Tres piezas en un acto
El viaje superficial
Pájaro en mano
Los buenos manejos
La conspiración vendida
El atentado

obra periodística

Viajes por la América ignota
Sálvese quien pueda
Instrucciones para vivir en México
La casa de usted y otros viajes

Piezas y cuentos para niños

OBRAS DE JORGE IBARGÜENGOITIA

La ley de Herodes

y otros cuentos

Edición original [*serie del volador*], 1967

Primera edición en *Obras de Jorge Ibargüengoitia,*
julio de 1989
Cuarta reimpresión, abril de 1992
© Jorge Ibargüengoitia, 1967
Herederos de Jorge Ibargüengoitia
D. R. © Editorial Joaquín Mortiz, S. A. de C. V.
Grupo Editorial Planeta
Insurgentes Sur 1162-3o. , Col. del Valle
México, 03100, D. F.

ISBN 968-27-0284-4

Ilustración de la cubierta y fotografía
de la contraportada: Joy Laville

El episodio cinematográfico sucedió hace cuatro años. Yo estaba embargado y mi aventura con Ángela Darley había entrado en una etapa negra. Una noche me salí de su casa olvidando, o mejor dicho, fingiendo olvidar, la cabeza etrusca que ella me había regalado después de tantos ruegos de mi parte. Yo estaba furioso porque ella había insistido en leer las líneas de la mano del joven Arroyo y le había dicho lo mismo que me había dicho a mí tres años antes:

—Resulta usted muy atractivo para cierta clase de personas.

Esa noche la soñé, con bigotes y oliendo a azufre. Le perdí el respeto.

Al día siguiente, hice una fiesta e invité al joven Arroyo, que me relató sus aventuras con Ángela Darley. Afortunadamente no habían llegado a mayores. Al verme irremplazado, me puse tan contento que bebí más de la cuenta y acabé a las seis de la mañana, bailando en el Club Nereidas. Ésta fue la obertura del episodio cinematográfico.

Desperté a las seis de la tarde, en estado deplorable, con la noticia de que Feliza Gross y Melisa Trirreme querían hablar conmigo y estaban esperándome en la sala. Bajé a saludar envuelto en un impermeable, porque desde los trece años no he tenido nada que pueda llamarse bata. En la sala, tomé asiento y me cubrí la boca con la mano, discretamente, para que la fetidez de mi aliento no molestara a las visitantes.

Melisa, que era poetisa y argumentista, quería hacerme una proposición, que me pareció sensacional. Para empezar, me explicó las condiciones en que estaba la Industria Cinematográfica. Esto era allá por 1958; los últimos descubrimientos de los cazadores de talento consistían, entonces, en la amante del Gerente del Banco de Auxilio Agropecuario, una hacienda abandonada en el Estado de Morelos, un oso amaestrado y su compañero inseparable, un

9

niño oligofrénico y chimuelo, que era el único que lo sabía dominar. Con estos elementos se había pensado hacer una Superproducción Megatónica en Technicolor Anastigmático. Hacía falta un buen argumento y para confeccionarlo se había pensado en formar un equipo de primera, con ella, Melisa Trirreme, yo y Juan Cartesio, el filósofo y ensayista. El dinero se nos entregaría en dos partes: una al terminar el argumento y otra al terminar la adaptación. Urgía ponerse en acción, porque el director, en un arrebato de celo completamente injustificado, ya se había ido al Estado de Morelos a buscar locaciones, a pesar de que no sabía de qué iba a tratar la película. A mí me convenía tanta prisa, porque había decidido comprar un blazer azul marino que había visto en el aparador de la Casa Rionda.

Al día siguiente nos juntamos Melisa, Juan Cartesio y yo. Cualquier observador inteligente hubiera comprendido que aquello no iba a dar buenos resultados. Sin embargo, nosotros no fuimos capaces de ver la trampa en que estábamos metiéndonos.

Primero había que encontrar un tema. Yo propuse la Vida de Sor Juana Inés de la Cruz, que bien podía ser representada por la amante del Gerente del Banco de Auxilio Agropecuario y que podía desarrollarse en una hacienda abandonada del Estado de Morelos, pero tanto Cartesio como la Trirreme me objetaron, ahora comprendo que con mucha razón, que si el personaje central iba a ser Sor Juana Inés de la Cruz, íbamos a tener muchas dificultades para asimilar en el argumento al oso amaestrado y al niño oligofrénico. Sin embargo, aquella noche insistí tanto en defender mi idea que ellos se impacientaron y acabaron por ignorar mis argumentos. Al ver que no me hacían caso, me ofendí tanto, que me levanté de la mesa (estábamos en casa de la Trirreme), entré en la cocina y me hice un huevo frito.

La siguiente reunión fue todavía más desagradable. Decidí no hablar, y provisto de unas hojas de papel y un lápiz, me dediqué a hacer una serie de dibujos pornográficos. Mientras dibujaba, los oía discutir si el tema había de ser de gitanos, de peregrinos, de cirqueros, de charros, de psicoanalistas o de asesinos. Por fin, se pusieron de acuerdo y fabricaron un argumento, mientras yo seguía dibujando. Cuando me preguntaron mi opinión, tenía la cabeza tan despejada que destruí en un cuarto de hora lo que ellos habían confeccionado en tres. Esta vez, ellos fueron los que se molestaron y se fueron a la cocina a hacer huevos fritos.

Durante la siguiente sesión nocturna, me dormí. Y no sólo me dormí, sino que babeé sobre la mesa de Melisa Trirreme. Cuando abrí los ojos, ella me miraba fijamente, llena de odio. Supongo que en ese momento decidió jugarme la mala pasada que me jugó dos días después. Me dijo que Arturo de Córdova estaba interesado en actuar en una comedia; los elementos eran, Arturo de Córdova, un paisaje alpino, un hotel de lujo y una mujer joven, que todavía no se sabía si iba a ser Amadís de Gaula o Pituka de Foronda; ahora bien, ellos dos estaban muy ocupados haciendo el argumento de *Entre el cielo y el río*, así que, ¿por qué no me iba yo a mi casa a hacer un argumento para Arturo de Córdova?

Me fui a mi casa y estuve dos meses y medio haciendo argumentos para Arturo de Córdova. Ahora estoy convencido de que esos argumentos están en la basura, pero, ¿quién los puso allí? ¿Arturo de Córdova? ¿Pituka de Foronda? o ¿Melisa Trirreme?

Cuando terminó la etapa de Arturo de Córdova volví a las reuniones nocturnas. Las cosas habían cambiado. Melisa tenía un conflicto sentimental que le exigía hacer llamadas telefónicas de dos horas y media. Mientras ella telefoneaba, Juan Cartesio y yo íbamos a la cocina a beber cubas libres y a platicar de nuestras frustraciones.

—Hace dos años que no escribo nada que sea *mío* —decía Juan.

La obra se había modificado varias veces, porque, afortunadamente, el oso amaestrado había muerto y había sido sustituido por un joven que cantaba; por consiguiente, la película había pasado de cirqueros, a ser de charros. Por otra parte, el productor había decidido que la heroína sufriera una poliomielitis aguda, para que la última imagen de la película fuera la del cantante empujándola en una silla de ruedas. Cuando todo parecía resuelto, a alguien se le ocurrió la maldita idea de que todo pasara en tiempos de la Revolución, así que tuve que irme a mi casa otra vez a leer *Ocho mil kilómetros en campaña*. Cuando terminé la lectura escribí una escena inspirada en la Batalla de Santa Rosa, con federales, revolucionarios y vías de ferrocarril, que me quedó muy bien. Pero entonces, la amante del Gerente del Banco de Auxilio Agropecuario descubrió que los sombreros de campana y los *chemises* le sentaban estupendamente. Adiós Revolución, adiós federales, adiós revolucionarios, adiós balazos. La película iba a tratar ahora de la vida de un cantante que, después de muchas privaciones, llegaba a triunfar en el Teatro Degollado. La hacienda abandonada del Estado de Morelos había caído en desgracia.

Hubo necesidad de hacer todo otra vez, hasta aquella escena, en la que después de una larga secuencia a base de *intershots* mostrando botas que hienden burós, puños que hienden ventanas, rifles que hienden puertas, un carrancista hendía a Beatriz, la hermana menor de la heroína. Esta reparación, tuvimos que hacerla Juan Cartesio y yo, solos, porque Melisa, al ver que la cosa se prolongaba *ad nauseam*, había decidido no dar golpe. Había comprado uno de esos libros enormes, llamados Diarios, había apuntado en él una infinidad de números y pasaba las noches haciendo sumas.

El cansancio, el descontento y la miseria, empezaron a hacernos mella. Cartesio y yo pasábamos las noches entre la máquina y el *couch*, uno dictaba y el otro escribía. De vez en cuando, suspendíamos el trabajo e íbamos a la cocina, pasando, al hacerlo, junto a Melisa, que seguía en la mesa del comedor haciendo sumas. En la cocina, preparábamos cubas libres, platicábamos un rato y veíamos, con horror, cómo nos iba creciendo la barba.

Una noche, Cartesio cometió el error de confesarme que pensaba escapar. ¿De qué? De la Trirreme, de *Entre el cielo y el río*, de mí.

Decidí adelantármele.

Mi oportunidad vino dos noches después. Melisa me dio un billete de quinientos pesos y me pidió, como un gran favor, que fuera a comprar un garrafón de Bacardí. Tomé el billete, salí de la casa y no he vuelto a poner un pie en ella. Al día siguiente fui a la Casa Rionda y compré el blazer.

Durante dos meses creí que Melisa Trirreme iba a presentarse en mi casa a cobrarme los quinientos pesos, pero supongo que prefirió castigarme con su silencio y no he vuelto a verla.

Entre el cielo y el río nunca llegó a filmarse. Los fondos con que iba a ser financiada fueron retirados cuando el Gerente del Banco de Auxilio Agropecuario descubrió que su amante le era infiel. Melisa es ahora Eminencia Gris en la Secretaría de Catastro y Prevención, el joven cantante fue atropellado por un tranvía en la Avenida Cuauhtémoc, Juan Cartesio vive muy lejos, en un destierro voluntario y honorable. Sólo quedo yo, que de vez en cuando hago argumentos para el cine.

LA LEY DE HERODES

Sarita me sacó del fango, porque antes de conocerla el porvenir de la Humanidad me tenía sin cuidado. Ella me mostró el camino del espíritu, me hizo entender que todos los hombres somos iguales, que el único ideal digno es la lucha de clases y la victoria del proletariado; me hizo leer a Marx, a Engels y a Carlos Fuentes, ¿y todo para qué? Para destruirme después con su indiscreción.

No quiero discutir otra vez por qué acepté una beca de la Fundación Katz para ir a estudiar en los Estados Unidos. La acepté y ya. No me importa que los Estados Unidos sean un país en donde existe la explotación del hombre por el hombre, ni tampoco que la Fundación Katz sea el ardid de un capitalista (Katz) para eludir impuestos. Solicité la beca, y cuando me la concedieron la acepté; y es más, Sarita también la solicitó y también la aceptó. ¿Y qué?

Todo iba muy bien hasta que llegamos al examen médico... No me atrevería a continuar si no fuera porque quiero que se me haga justicia. Necesito justicia. La exijo. Así que adelante...

La Fundación Katz sólo da becas a personas fuertes como un caballo y el examen médico es muy riguroso.

No discutamos este punto. Ya sé que este examen médico es otra de tantas argucias de que se vale el FBI para investigar la vida privada de los mexicanos. Pero adelante. El examen lo hace el doctor Philbrick, que es un yanqui que vive en las Lomas (por supuesto), en una casa cerrada a piedra y cal y que cobra... no importa cuánto cobra, porque lo pagó la Fundación. La enfermera, que con seguridad traicionó la Causa, puesto que su acento y rasgos faciales la delatan como evadida de la Europa Libre, nos dijo a Sarita y a mí, que a tal hora tomáramos tantos más cuantos gramos de sulfato de magnesia y que nos presentáramos a las nueve de la mañana siguiente con las "muestras obtenidas" de nuestras dos funciones.

¡Ah, qué humillación! ¡Recuerdo aquella noche en mi casa, buscando entre los frascos vacíos dos adecuados para guardar aquello! ¡Y luego, la noche en vela esperando el momento oportuno! ¡Y cuando llegó, Dios mío, qué violencia! (Cuando exclamo Dios mío en la frase anterior, lo hago usando de un recurso literario muy lícito, que nada tiene que ver con mis creencias personales.)

Cuando estuvo guardada la primer muestra, volví a la cama y dormí hasta las siete, hora en que me levanté para recoger la segunda. Quiero hacer notar que la orina propia en un frasco se contempla con incredulidad; es un líquido turbio (por el sulfato de magnesia) de color amarillo, que al cerrar el frasco se deposita en pequeñas gotas en las paredes de cristal. Guardé ambos frascos en sucesivas bolsas de papel para evitar que alguna mirada penetrante adivinara su contenido.

Salí a la calle en la mañana húmeda, y caminé sin atreverme a tomar un camión, apretando contra mi corazón, como San Tarsicio Moderno, no la Sagrada Eucaristía, sino mi propia mierda. (Esta metáfora que acabo de usar es un tropo al que llegué arrastrado por mi elocuencia natural y es independiente de mi concepto del hombre moderno.)

Por la Reforma llegué hasta la fuente de Diana, en donde esperé a Sarita más de la cuenta, pues había tenido cierta dificultad en obtener una de las muestras. Llegó como yo, con el rostro desencajado y su envoltorio contra el pecho. Nos miramos fijamente, sin decirnos nada, conscientes como nunca de que nuestra dignidad humana había sido pisoteada por las exigencias arbitrarias de una organización típicamente capitalista. Por si fuera poco lo anterior, cuando llegamos a nuestro destino, la mujer que había traicionado la Causa nos condujo al laboratorio y allí desenvolvió los frascos ¡delante de los dos! y les puso etiquetas. Luego, yo entré en el despacho del doctor Philbrick y Sarita fue a la sala de espera.

Desde el primer momento comprendí que la intención del doctor Philbrick era humillarme. En primer lugar, creyó, no sé por qué, que yo era ingeniero agrónomo y por más que insistí en que me dedicaba a la sociología, siguió en su equivocación; en segundo, me hizo una serie de preguntas que salen sobrando ante un individuo como yo, robusto y saludable física y mentalmente: ¿qué caso tiene preguntarme si he tenido neumonía, paratifoidea o gonorrea? Y apuntó mis respuestas, dizque minuciosamente, en unas hojas que le había mandado la Fundación a propósito. Luego vino lo peor. Se levantó con las hojas en la mano y me ordenó que lo siguiera. Yo lo obedecí. Fuimos por un pasillo oscuro en uno de cuyos lados había una serie de cubículos, y en cada uno de ellos, una mesa clínica y algunos aparatos. Entramos en un cubículo; él corrió la cortina y luego, volviéndose hacia mí, me ordenó despóticamente: "Desvístase." Yo obedecí, aunque ya mi corazón me avisaba que algo terrible iba a suceder. Él me examinó el cráneo aplicándome un diapasón en los diferentes huesos; me metió un foco por las orejas y miró para adentro; me puso un reflector ante los ojos y observó cómo se contraían mis pupilas y, apuntando siempre los resultados, me oyó el corazón, me hizo saltar doscientas veces y volvió a oírlo; me hizo respirar pausadamente, luego, contener la respiración, luego, saltar otra vez doscientas veces. Apuntaba siempre. Me ordenó que me acostara en la cama y cuando obedecí, me golpeó despiadadamente el abdomen en busca de hernias, que no encontró; luego, tomó las partes más nobles de mi cuerpo y a jalones las extendió como si fueran un pergamino, para mirarlas como si quisiera leer el plano del tesoro. Apuntó otra vez. Fue a un armario y tomando algodón de un rollo empezó a envolverse con él dos dedos. Yo lo miraba con mucha desconfianza.

—Hínquese sobre la mesa —me dijo.

Esta vez no obedecí, sino que me quedé mirando aquellos dos dedos envueltos en algodón. Entonces, me explicó:

—Tengo que ver si tiene usted úlceras en el recto.

El horror paralizó mis músculos. El doctor Philbrick me enseñó las hojas de la Fundación que decían efectivamente "úlceras en el recto"; luego, sacó del armario un objeto de hule adecuado para el caso, e introdujo en él los dedos envueltos en algodón. Comprendí que había llegado el mo-

19

mento de tomar una decisión: o perder la beca, o aquello. Me subí a la mesa y me hinqué.

—Apoye los codos sobre la mesa.

Apoyé los codos sobre la mesa, me tapé las orejas, cerré los ojos y apreté las mandíbulas. El doctor Philbrick se cercioró de que yo no tenía úlceras en el recto. Después, tiró a la basura lo que cubriera sus dedos y salió del cubículo, diciendo: "Vístase."

Me vestí y salí tambaleándome. En el pasillo me encontré a Sarita ataviada con una especie de mandil, que al verme (supongo que yo estaba muy mal) me preguntó qué me pasaba.

—Me metieron el dedo. Dos dedos.

—¿Por dónde?

—¿Por dónde crees, tonta?

Fue una torpeza confesar semejante cosa. Fue la causa de mi desprestigio. Llegado el momento de las úlceras en el recto, Sarita amenazó al doctor Philbrick con llamar a la policía si intentaba revisarle tal parte; el doctor, con la falta de determinación propia de los burgueses, la dejó pasar como sana, y ella, haciendo a un lado las reglas más elementales del compañerismo, salió de allí y fue a contarle a todo el mundo que yo me había doblegado ante el imperialismo yanqui.

LA MUJER QUE NO

Debo ser discreto. No quiero comprometerla. La llamaré... En el cajón de mi escritorio tengo todavía una foto suya, junto con las de otras gentes y un pañuelo sucio de maquillaje que le quité no sé a quién, o mejor dicho sí sé, pero no quiero decir, en uno de los momentos cumbres de mi vida pasional. La foto de que hablo es extraordinariamente buena para ser de pasaporte. Ella está mirando al frente con sus grandes ojos almendrados, el pelo restirado hacia atrás, dejando a descubierto dos orejas enormes, tan cercanas al cráneo en su parte superior, que me hacen pensar que cuando era niña debió traerlas sujetas con tela adhesiva para que no se le hicieran de papalote; los pómulos salientes, la nariz pequeña con las fosas muy abiertas, y abajo... su boca maravillosa, grande y carnuda. En un tiempo la contemplación de esta foto me producía una ternura muy especial, que iba convirtiéndose en un calor interior y que terminaba en los movimientos de la carne propios del caso. La llamaré Aurora. No, Aurora no. Estela, tampoco. La llamaré *ella*.

Esto sucedió hace tiempo. Era yo más joven y más bello. Iba por las calles de Madero en los días cercanos a la Navidad, con mis pantalones de dril recién lavados y trescientos pesos en la bolsa. Era un mediodía brillante y esplendoroso. Ella salió de entre la multitud y me puso una mano en el antebrazo. "Jorge", me dijo. *Ah, che la vita é bella!* Nos conocemos desde que nos orinábamos en la cama (cada uno por su lado, claro está), pero si nos habíamos visto una docena de veces era mucho. Le puse una mano en la garganta y la besé. Entonces descubrí que a tres metros de distancia, su mamá nos observaba. Me dirigí hacia la mamá, le puse una mano en la garganta y la besé también. Después de eso, nos fuimos los tres muy contentos a tomar café en Sanborns. En la mesa, puse mi mano sobre la suya y la apreté hasta que noté que se le torcían las piernas; su mamá me recordó que su hija era decente, casada y con hijos, que yo había tenido mi oportunidad

23

trece años antes y que no la había aprovechado. Esta aclaración moderó mis impulsos primarios y no intenté nada más por el momento. Salimos de Sanborns y fuimos caminando por la alameda, entre las estatuas pornográficas, hasta su coche que estaba estacionado muy lejos. Fue ella, entonces, quien me tomó de la mano y con el dedo de enmedio, me rascó la palma, hasta que tuve que meter mi otra mano en la bolsa, en un intento desesperado de aplacar mis pasiones. Por fin llegamos al coche, y mientras ella se subía, comprendí que trece años antes no sólo había perdido sus piernas, su boca maravillosa y sus nalgas tan saludables y bien desarrolladas, sino tres o cuatro millones de muy buenos pesos. Fuimos a dejar a su mamá que iba a comer no importa dónde. Seguimos en el coche, ella y yo solos y yo le dije lo que pensaba de ella y ella me dijo lo que pensaba de mí. Me acerqué un poco a ella y ella me advirtió que estaba sudorosa, porque tenía un oficio que la hacía sudar. "No importa, no importa." Le dije olfateándola. Y no importaba. Entonces, le jalé el cabello, le mordí el pescuezo y le apreté la panza... hasta que chocamos en la esquina de Tamaulipas y Sonora.

Después del accidente, fuimos al Sep de Tamaulipas a tomar ginebra con quina y nos dijimos primores.

La separación fue dura, pero necesaria, porque ella tenía que comer con su suegra. "¿Te veré?" "Nunca más." "Adiós, entonces." "Adiós." Ella desapareció en Insurgentes, en su poderoso automóvil y yo me fui a la cantina el Pilón, en donde estuve tomando mezcal de San Luis Potosí y cerveza, y discutiendo sobre la divinidad de Cristo con unos amigos, hasta las siete y media, hora en que vomité. Después me fui a Bellas Artes en un taxi de a peso.

Entré en el foyer tambaleante y con la mirada torva. Lo primero que distinguí, dentro de aquel mar de personas insignificantes, como Venus saliendo de la concha... fue a ella. Se me acercó sonriendo apenas, y me dijo: "Búscame mañana, a tal hora, en tal parte"; y desapareció.

¡Oh, dulce concupiscencia de la carne! Refugio de los pecadores, consuelo de los afligidos, alivio de los enfermos mentales, diversión de los pobres, esparcimiento de los intelectuales, lujo de los ancianos. ¡Gracias, Señor, por habernos concedido el uso de estos artefactos, que hacen más que palatable la estancia en este Valle de Lágrimas en que nos has colocado!

Al día siguiente acudí a la cita con puntualidad. Entré en el recinto y la encontré ejerciendo el oficio que la hacía sudar copiosamente. Me miró satisfecha, orgullosa de su pericia y un poco desafiante, y también como diciendo: "Esto es para ti." Estuve absorto durante media hora, admirando cada una de las partes de su cuerpo y comprendiendo por primera vez la esencia del arte a que se dedicaba. Cuando hubo terminado, se preparó para salir, mirándome en silencio; luego me tomó del brazo de una manera muy elocuente, bajamos una escalera y cuando estuvimos en la calle, nos encontramos frente a frente con su chingada madre.

Fuimos de compras con la vieja y luego a tomar café a Sanborns otra vez. Durante dos horas estuve conteniendo algo que nunca sabré si fue un sollozo o un alarido. Lo peor fue que cuando nos quedamos solos ella y yo, empezó con la cantaleta estúpida de: "¡Gracias, Dios mío, por haberme librado del asqueroso pecado de adulterio que estaba a punto de cometer!" Ensayé mis recursos más desesperados, que consisten en una serie de manotazos, empujones e intentos de homicidio por asfixia, que con algunas mujeres tienen mucho éxito, pero todo fue inútil; me bajó del coche a la altura de Félix Cuevas.

Supongo que se habrá conmovido cuando me vio parado en la banqueta, porque abrió su bolsa y me dio el retrato famoso y me dijo que si algún día se decidía (a cometer el pecado), me pondría un telegrama.

Y esto es que un mes después recibí, no un telegrama, sino un correograma que decía: "Querido Jorge: búscame en el Konditori, el día tantos a tal hora (p.m.) Firmado: *Guess who?* (advierto al lector no avezado en el idioma inglés que esas palabras significan "adivina quién"). Fui corriendo al escritorio, saqué la foto y la contemplé pensando en que se acercaba la hora de ver saciados mis más bajos instintos.

Pedí prestado un departamento y también dinero; me vestí con cierto descuido pero con ropa que me quedaba bien, caminé por la calle de Génova durante el atardecer y llegué al Konditori con un cuarto de hora de anticipación. Busqué una mesa discreta, porque no tenía caso que la vieran conmigo un centenar de personas, y cuando encontré una me senté mirando hacia la calle; pedí un café, encendí un cigarro y esperé. Inmediatamente empezaron a llegar gentes conocidas, a quienes saludaba con tanta frialdad que no se atrevían a acercárseme.

Pasaba el tiempo.

Caminando por la calle de Génova pasó la Joven N, quien en otra época fuera el Amor de mi Vida, y desapareció. Yo le di gracias a Dios.

Me puse a pensar en cómo vendría vestida y luego se me ocurrió que en dos horas más iba a tenerla entre mis brazos, desvestida...

La Joven N volvió a pasar, caminando por la calle de Génova, y desapareció. Esta vez tuve que ponerme una mano sobre la cara, porque la Joven N venía mirando hacia el Konditori.

Era la hora en punto. Yo estaba bastante nervioso, pero dispuesto a esperar ocho días si era necesario, con tal de tenerla a ella, tan tersa, toda para mí.

Y entonces, que se abre la puerta del Konditori, entra la Joven N, que fuera el Amor de mi Vida, cruza el restorán y se sienta enfrente de mí, sonriendo y preguntándome: *"Did you guess right?"*

Solté la carcajada. Estuve riéndome hasta que la Joven N se puso incómoda; luego, me repuse, platicamos un rato apaciblemente y por fin, la acompañé a donde la esperaban unas amigas para ir al cine.

Ella, con su marido y sus hijos, se habían ido a vivir a otra parte de la República.

Una vez, por su negocio, tuve que ir precisamente a esa

ciudad; cuando acabé lo que tenía que hacer el primer día, busqué en el directorio el número del teléfono de ella y la llamé. Le dio mucho gusto oír mi voz y me invitó a cenar.

La puerta tenía aldabón y se abría por medio de un cordel. Cuando entré en el vestíbulo, la vi a ella, al final de una escalera, vestida con unos pantalones verdes muy entallados, en donde guardaba lo mejor de su personalidad. Mientras yo subía la escalera, nos mirábamos y ella me sonreía sin decir nada. Cuando llegué a su lado, abrió los brazos, me los puso alrededor del cuello y me besó. Luego, me tomó de la mano y mientras yo la miraba estúpidamente, me condujo a través de un patio, hasta la sala de la casa y allí, en un *couch*, nos dimos entre doscientos y trescientos besos... hasta que llegaron sus hijos del parque. Después, fuimos a darles de comer a los conejos.

Uno de los niños, que tenía complejo de Edipo, me escupía cada vez que me acercaba a ella, gritando todo el tiempo: "¡Es mía!" Y luego, con una impudicia verdaderamente irritante, le abrió la camisa y metió ambas manos para jugar con los pechos de su mamá, que me miraba muy divertida. Al cabo de un rato de martirio, los niños se acostaron y ella y yo nos fuimos a la cocina, para preparar la cena. Cuando ella abrió el refrigerador, empecé mi segunda ofensiva, muy prometedora, por cierto, cuando llegó el marido. Me dio un ron Batey y me llevó a la sala en donde estuvimos platicando no sé qué tonterías. Por fin estuvo la cena. Nos sentamos los tres a la mesa, cenamos y cuando tomábamos el café, sonó el teléfono. El marido fue a contestar y mientras tanto, ella empezó a recoger los platos, y mientras tanto, también, yo le tomé a ella la mano y se la besé en la palma, logrando, con este acto tan sencillo, un efecto mucho mayor del que había previsto: ella salió del comedor tambaleándose, con un altero de platos sucios. Entonces regresó el marido poniéndose el saco y me explicó que el telefonazo era de la terminal de camiones, para decirle que acababan de recibir un revólver Smith & Wesson calibre 38 que le mandaba su hermano de México, con no recuerdo qué objeto; el caso es que tenía que ir a recoger el revólver en ese momento; yo estaba en mi casa: allí estaba el ron Batey, allí, el tocadiscos, allí, su mujer. Él regresaría en un cuarto de hora. *Exeunt severaly:* él vase a la calle; yo, voyme a la cocina y mientras él encendía el motor de su automóvil, yo perseguía a su mujer. Cuando la arrinconé, me dijo: "Espérate" y me llevó a la sala. Sirvió dos vasos de ron, les puso un trozo de hielo a cada uno, fue al tocadiscos, lo encendió, tomó el disco llamado *Le Sacre du Sauvage*, lo puso y mientras empezaba la música brindamos: habían pasado cuatro minutos. Luego, empezó a bailar, ella sola. "Es para ti", me dijo. Yo la miraba mientras calculaba en qué parte del trayecto estaría el marido, llevando su mortífera Smith & Wesson calibre 38. Y ella bailó y bailó. Bailó las obras completas de Chet Baker, porque pasaron tres cuartos de hora sin que el marido regresara, ni ella se cansara, ni yo me atreviera a hacer nada. A los tres cuartos de hora decidí que el marido, con o sin Smith & Wesson, no me asustaba nada. Me levanté de mi asiento, me acerqué a ella que seguía bailando como poseída y, con una fuerza completamente desacostumbrada en mí, la levanté en vilo y la arrojé sobre el *couch*. Eso le encantó. Me lancé sobre ella como un tigre y mientras nos besamos apasionadamente, busqué el cierre de sus pantalones verdes y cuando lo encontré, tiré de él... y ¡mierda!, ¡que no se abre! Y no se abrió nunca. Estuvimos forcejando, primero yo, después ella y por fin los dos, y antes regresó el marido que nosotros pudiéramos abrir el cierre. Estábamos jadeantes y sudorosos, pero vestidos y no tuvimos que dar ninguna explicación.

Hubiera podido, quizá, regresar al día siguiente a terminar lo empezado, o al siguiente del siguiente o cualquiera de los mil y tantos que han pasado desde entonces. Pero, por una razón u otra nunca lo hice. No he vuelto a verla. Ahora, sólo me queda la foto que tengo en el cajón de mi escritorio, y el pensamiento de que las mujeres que no he tenido (como ocurre a todos los grandes seductores de la historia), son más numerosas que las arenas del mar.

WHAT BECAME OF PAMPA HASH?

¿Cómo llegó? ¿De dónde vino? Nadie lo sabe. El primer signo que tuve de su presencia fueron las pantaletas.

Yo acababa de entrar en el camarote (el único camarote) con la intención de abrir una lata de sardinas y comérmelas, cuando noté que había un mecate que lo cruzaba en el sentido longitudinal y de éste, sobre la mesa y precisamente a la altura de los ojos de los comensales, pendían las pantaletas. Poco después se oyó el ruido del agua en el excusado y cuando levanté los ojos vi una imagen que se volvería familiar más tarde, de puro repetirse: Pampa Hash saliendo de la letrina. Me miró como sólo puede hacerlo una doctora en filosofía: ignorándolo todo, la mesa, las sardinas, las pantaletas, el mar que nos rodea, todo, menos mi poderosa masculinidad.

Ese día no llegamos a mayores. En realidad, no pasó nada. Ni nos saludamos siquiera. Ella me miró y yo la miré, ella salió a cubierta y yo me quedé en el camarote comiéndome las sardinas. No puede decirse, entonces, como algunas lenguas viperinas han insinuado, que hayamos sido víctimas del amor a primera vista: fue más bien el *caffard* lo que nos unió.

Ni siquiera nuestro segundo encuentro fue definitivo desde el punto de vista erótico.

Estábamos cuatro hombres a la orilla del río tratando de inflar una balsa de hule, cuando la vimos aparecer en traje de baño. Era formidable. Poseído de ese impulso que hace que el hombre quiera desposarse con la Madre Tierra de vez en cuando, me apoderé de la bomba de aire y bombeé como un loco. En cinco minutos la balsa estaba a reventar y mis manos cubiertas de unas ampollas que con el tiempo se hicieron llagas. Ella me miraba.

"She thinks I'm terrific", pensé en inglés. Echamos la balsa al agua y navegamos en ella "por el río de la vida", como dijo Lord Baden-Powell.

¡Ah, qué viaje homérico! Para calentar la comida rompí unos troncos descomunales con mis manos desnudas y

31

ampolladas y soplé el fuego hasta casi perder el conocimiento: luego trepé en una roca y me tiré de clavado desde una altura que normalmente me hubiera hecho sudar frío; pero lo más espectacular de todo fue cuando me dejé ir nadando por un rápido y ella gritó aterrada. Me recogieron ensangrentado cien metros después. Cuando terminó la travesía y la balsa estaba empacada y subida en el *Jeep*, yo me vestí entre unos matorrales y estaba poniéndome los zapatos sentado en una piedra, cuando ella apareció, todavía en traje de baño, con la mirada baja y me dijo: *"Je me veux baigner."* Yo la corregí: *"Je veux me baigner."* Me levanté y traté de violarla, pero no pude.

La conquisté casi por equivocación. Estábamos en una sala, ella y yo solos, hablando de cosas sin importancia, cuando ella me preguntó: "¿Qué zona postal es tal y tal dirección?" Yo no sabía, pero le dije que consultara el directorio telefónico. Pasó un rato, ella salió del cuarto y la oí que me llamaba; fui al lugar en donde estaba el teléfono y la encontré inclinada sobre el directorio: "¿Dónde están las zonas?", me preguntó. Yo había olvidado la conversación anterior y entendí que me preguntaba por las zonas erógenas. Y le dije dónde estaban.

Habíamos nacido el uno para el otro: entre los dos pesábamos ciento sesenta kilos. En los meses que siguieron, durante nuestra tumultuosa y apasionada relación, me llamó búfalo, orangután, rinoceronte... en fin, todo lo que se puede llamar a un hombre sin ofenderlo. Yo estaba en la inopia y ella parecía sufrir de una constante diarrea durante sus viajes por estas tierras bárbaras. Al nivel del mar, haciendo a un lado su necesidad de dormir catorce horas diarias, era una compañera aceptable, pero arriba de los dos mil metros, respiraba con dificultad y se desvanecía fácilmente. Vivir a su lado en la ciudad de México significaba permanecer en un eterno estado de alerta para levantarla del piso en caso de que le viniera un síncope.

Cuando descubrí su pasión por la patología, inventé, nomás para deleitarla, una retahíla de enfermedades de mi familia, que siempre ha gozado de la salud propia de las especies zoológicas privilegiadas.

Otra de sus predilecciones era lo que ella llamaba *"the intrincacies of the Mexican mind"*.

—¿Te gustan los motores? —preguntó una vez—. Te advierto que tu respuesta va a revelar una característica nacional.

Había ciertas irregularidades en nuestra relación: por ejemplo, ella ha sido la única mujer a la que nunca me atreví a decirle que me pagara la cena, a pesar de que sabía perfectamente que estaba nadando en pesos, y no suyos, sino de la *Pumpernikel Foundation*. Durante varios meses la contemplé, con mis codos apoyados sobre la mesa, a ambos lados de mi taza de café y deteniéndome la cara con las manos, comerse una cantidad considerable de filetes con papas.

Los meseros me miraban con cierto desprecio, creyendo que yo pagaba los filetes. A veces, ella se compadecía de mí y me obsequiaba un pedazo de carne metido en un bolillo, que yo, por supuesto, rechazaba diciendo que no tenía hambre. Y además, el problema de las propinas: ella tenía la teoría de que 1% era una proporción aceptable, así que dar cuarenta centavos por un consumo de veinte pesos era ya una extravagancia. Nunca he cosechado tantas enemistades.

Una vez tenía yo veinte pesos y la llevé al Bamerette. Pedimos dos tequilas.

—La última vez que estuve aquí —me dijo— tomé whisky escocés, toqué la guitarra y los meseros creían que era yo artista de cine.

Esto nunca se lo perdoné.

Sus dimensiones eran otro inconveniente. Por ejemplo, bastaba dejar dos minutos un brazo bajo su cuerpo, para que se entumeciera. La única imagen histórica que podía ilustrar nuestra relación es la de Sigfrido, que cruzó los siete círculos de fuego, llegó hasta Brunilda, no pudo despertarla, la cargó en brazos, comprendió que era demasiado pesada y tuvo que sacarla arrastrando, como un tapete enrollado.

¡Oh, Pampa Hash! ¡Mi adorable, mi dulce, mi extensa Pampa!

Tenía una gran curiosidad científica.

—¿Me amas?

—Sí.

—¿Por qué?

—No sé.

—¿Me admiras?

—Sí.

—¿Por qué?

—Eres profesional, concienzuda, dedicada. Son cualidades que admiro mucho.

Esto último es una gran mentira. Pampa Hash pasó un año en la sierra haciendo una investigación de la cual salió un informe que yo hubiera podido inventar en quince días.

—¿Y por qué admiras esas cualidades?

—No preguntemos demasiado. Dejémonos llevar por nuestras pasiones.

—¿Me deseas?

Era un interrogatorio de comisaría.

Una vez fuimos de compras. Es la compradora más difícil que he visto. Todo le parecía muy caro, muy malo o que no era exactamente lo que necesitaba. Además estaba convencida de que por alguna razón misteriosa, las dependientas gozaban deshaciendo la tienda y mostrándole la mercancía para luego volver a guardarla, sin haber vendido nada.

Como el tema recurrente de una sinfonía, aparecieron en nuestra relación las pantaletas. *"I need panties"*, me dijo. Le dije cómo se decía en español. Fuimos a diez tiendas cuando menos, y en todas se repitió la misma escena: llegábamos ante la dependienta y ella empezaba, "necesito. . .", se volvía hacia mí: "¿cómo se dice?", "pantaletas", decía yo. La dependienta me miraba durante una millonésima de segundo, y se iba a buscar las pantaletas. No las quería ni de nylon, ni de algodón, sino de un material que es tan raro en México como la tela de araña comercial y de un tamaño vergonzoso, por lo grande. No las encontramos. Después, compramos unos mangos y nos sentamos a comerlos en la banca de un parque. Contemplé fascinado cómo iba arrancando el pellejo de medio mango con sus dientes fuertísimos y luego devoraba la carne y el ixtle, hasta dejar el hueso como la cabeza del cura Hidalgo; entonces, asía fuertemente el mango del hueso y devoraba la segunda mitad. En ese momento comprendí que esa mujer no me convenía.

Cuando hubo terminado los tres mangos que le tocaban, se limpió la boca y las manos cuidadosamente, encendió un cigarro, se acomodó en el asiento y volviéndose hacia mí, me preguntó sonriente:

—¿Me amas?

—No —le dije.

Por supuesto que no me creyó.

Después vino el *Gran Finale*. Fue el día que la poseyó el ritmo.

Fuimos a una fiesta en la que estaba un señor que bailaba tan bien que le decían el Fred Astaire de la Colonia del Valle. Su especialidad era bailar solo, mirándose los pies para deleitarse mejor. Pasó un rato. Empezó un ritmo tropical. Yo estaba platicando con alguien cuando sentí en mis entrañas que algo terrible se avecinaba. Volví la cabeza y el horror me dejó paralizado: Pampa, mi Pampa, la mujer que tanto amé, estaba bailando alrededor de Fred Astaire como Mata Hari alrededor de Shiva. No había estado tan avergonzado de ella desde el día que empezó a cantar "Ay, Cielitou Lindou..." en plena Avenida Juárez. ¿Qué hacer? Bajar la vista y seguir la conversación. El suplicio duró horas.

Luego, ella vino y se arrojó a mis pies como la Magdalena y me dijo: "Perdóname. Me poseyó el ritmo." La perdoné allí mismo.

Fuimos a su hotel (con intención de reconciliarnos) y estábamos ya instalados en el elevador, cuando se acercó el administrador a preguntarnos cuál era el número de mi cuarto.

—Vengo acompañando a la señorita —le dije.

—Después de las diez no se admiten visitas —me dijo el administrador.

Pampa Hash montó en cólera:

—¿Qué están creyendo? El señor tiene que venir a mi cuarto para recoger una maleta suya.

—Baje usted la maleta y que él la espere aquí.

—No bajo nada, estoy muy cansada.

—Que la baje el botones, entonces.

—No voy a pagarle al botones.

—Al botones lo paga la administración, señorita.

Ésa fue la última frase de la discusión.

El elevador empezó a subir con Pampa Hash y el botones, y yo mirándola. Era de esos de rejilla, así que cuando llegó a determinada altura, pude distinguir sus pantaletas. Comprendí que era la señal: había llegado el momento de desaparecer.

Ya me iba pero el administrador me dijo: "Espere la maleta." Esperé. Al poco rato, bajó el botones y me entregó una maleta que, por supuesto, no era mía. La tomé, salí a la calle, y fui caminando con paso cada vez más apresurado.

¡Pobre Pampa Hash, me perdió a mí y perdió su maleta el mismo día!

36

MANOS MUERTAS

La ciudad de México, al crecer, fue tragándose, como un cáncer, los pueblos que estaban a su alrededor. Uno de ellos fue Coyotlán, que queda al sur. Desde que llegaron los conquistadores ha sido un pueblo de postín. Hasta la fecha tiene plaza de armas, convento del siglo XVI, calles arboladas, casas coloniales habitadas por millonarios, vista a la Sierra, aire puro, agua abundante, etc.

En una de las calles principales habían tirado una gran casa y fraccionado el terreno. Habían conservado una parte de la fachada y sobre ella, puesto un letrero que decía: "SE VENDEN TERRENOS. INFORMA EL DOCTOR GORGONZOLA."

La sala de espera del consultorio de Gorgonzola era un pasillo lóbrego lleno de monjas enfermas. Allí pasé media hora mirando un diagrama del aparato digestivo, en espera de que el Doctor me recibiera. Cuando entré en su despacho lo encontré en mangas de camisa, sentado frente a un escritorio. Le dije que quería comprar un terreno y él me señaló con el dedo, como si acabara de reconocerme.

—¡Usted estudió con los Hermanos Maristas!

No pude negarlo. Gorgonzola se levantó de su asiento y me dio un abrazo.

—¡Tenemos un sello inconfundible!

Él era un rollizo bebé de cincuenta años. Me daba al hombro y tenía pelo ralo, pero rubio, ojos inyectados, pero azules, y una gran papada.

Fue a un armario y sacó un plano, mientras decía:

—Estos terrenos no son míos. Me encargo de venderlos por un favor que le hago a la Compañía de Jesús.

Me explicó que los terrenos eran bienes de Manos Muertas. La venta iba a ser anticonstitucional, pero muy devota. En la casa que habían tumbado para hacer el fraccionamiento había estado una escuela de franciscanos; cuando los jesuitas devolvieron a los franciscanos la iglesia de San Francisco que está en Madero, los franciscanos tuvieron, en pago, que entregarles a los jesuitas varias propiedades, entre otras, la casa en cuestión. Como los jesuitas no querían casas ni escuelas, sino dinero para obras pías, Gorgonzola que era muy católico, se había ofrecido a hacer el fraccionamiento y a venderlo.

Fuimos a ver los terrenos.

—Lo que usted pague por este terreno será una bicoca. Para fraccionar los jesuitas tuvieron que poner drenajes, alumbrado y hacer una calle que hubo necesidad de regalar al Distrito Federal. ¿Usted cree que es justo?

Entonces me di cuenta de que Gorgonzola no era agente sólo por amor al arte o a la Compañía de Jesús: de un lado de la calle "que hubo necesidad de regalar al Distrito Federal", Gorgonzola tenía un terrenazo que había comprado muy barato por estar encerrado en el interior de una manzana y que, gracias a las obras hechas por la Compañía de Jesús, había aumentado tres o cuatro veces su valor.

—La idea de hacer este fraccionamiento fue mía —me confesó.

Compré un lote en donde había dos árboles que me gustaron.

—Ha comprado usted el mejor terreno de México —me dijo Gorgonzola cuando cerramos el trato.

La firma de la escritura fue una ceremonia bastante confusa. Como las órdenes religiosas no tienen derecho a tener propiedades y sin embargo las tienen, cada orden nombra depositario a una persona de honorabilidad reconocida y catolicismo a prueba de bomba. La función del depositario consiste en hacer fraude a la Nación fingiéndose propietario de algo que es de la orden.

El Notario Malancón dio lectura a la turbia historia jurídica del terreno: la señora Dolores Cimarrón del Llano (es decir, los franciscanos) había vendido (es decir, permutado) al señor Pedro Gongoria Acebez (es decir, los jesuitas) el terreno del que ahora yo compraba una fracción. Firmamos la escritura el Ingeniero Industrial Xavier Barajas Angélico, en nombre del apoderado de los jesuitas y yo, en el mío propio.

El señor Barajas Angélico tuvo que hacer un esfuerzo, al firmar, para no echarle una S.J. al final de su apellido; yo le entregué un cheque por cuarenta mil pesos y él a mí, un recibo por doce mil, con lo que quedó consumado el fraude al fisco que hizo que la escritura saliera baratísima. Al final del acto, nos dimos la mano, Malancón, Barajas Angélico, que en su distracción me la ofreció para que la besara, Gorgonzola, que estaba muy satisfecho, y yo.

Pasaron varios años, al cabo de los cuales tuve dinero para construir y fui con mi arquitecto y unos amigos a enseñarles el terreno. Todo estaba igual; la fachada de la casa antigua tenía el mismo letrero que decía "SE VENDEN TERRENOS...", los árboles estaban de pie, etc.; pero la entrada de la calle que "hubo necesidad de regalar al Distrito Federal" estaba obstruida por una barricada. Estábamos saltándola, cuando apareció una mujer harapienta.

—¿Qué quieren?

—¿Cómo que qué queremos? —pregunté tartamudeando—. Ese terreno que está allí es mío.

—No es cierto. Estos terrenos son del doctor Gorgonzola.

Me puse furioso.

—¿Conque son del doctor Gorgonzola? A ese quisiera verlo para decirle tres verdades.

En ese momento llegó el aludido en un Volkswagen.

—Dígale a la señora ésta quién soy yo —le dije.

Pero Gorgonzola no me reconoció, a pesar del sello inconfundible que tenemos los exalumnos de los maristas.

—¡No deje entrar a nadie! —le gritó a la mujer, y se fue.

Yo no sabía qué hacer. Decidí ignorar a la mujer, y haciéndola de cicerone, conduje a mis amigos al terreno. Cuando les decía "éste es mi terreno", la mujer nos arrojó piedras.

Al día siguiente, ocurrió algo peor; mi arquitecto fue al Departamento del Distrito Federal a pedir Licencia de

Construcción y regresó lívido.

—Dicen en el Departamento que ese fraccionamiento no existe.

Fui al consultorio de Gorgonzola.

—Soy la persona que compró un terreno hace dos años —empecé diciendo al entrar.

De nada me sirvió, porque Gorgonzola estaba hablando por teléfono y no me hizo caso.

—Ya le dije que no puedo —decía Gorgonzola por teléfono—. No estoy en condiciones. Hágame favor de no molestarme —y colgó—. ¿En qué puedo servirle?

—Soy la persona... etc.

—¡Ah! Yo ya no tengo nada que ver con esos terrenos.

Pasé por alto el hecho de que el día anterior él había ordenado a la mujer harapienta que no me dejara entrar en *sus* terrenos y le dije que en el Departamento del Distrito no querían darme licencia para construir.

—Es que Uruchurtu nos tiene mala voluntad —no me explicó quiénes eran "nosotros", si la Compañía de Jesús y él, él y yo o los tres—. No ha querido aprobar el fraccionamiento. Ya están todos los documentos presentados. Sólo falta una firma. Pero usted no se preocupe, amigo, construya; con licencia o sin ella.

Se levantó del asiento, me tomó del brazo, salimos del consultorio y fuimos caminando a los terrenos. La mujer harapienta nos saludó respetuosamente. Pasamos de largo por mi terreno y llegamos al suyo, en donde estaba construyendo una clínica, estilo colonial, sin licencia.

—Mire usted. Palo dado, ni Dios lo quita.

Me despedí de Gorgonzola sin haber logrado nada y fui al despacho de Barajas Angélico.

Las oficinas de la Compañía Industrial Metropolitana, S.A., que es una organización fantasma para mangonear bienes jesuitas, eran amplias y bien amuebladas. Había ocho escritorios y un jesuita vestido de beige. Me acerqué a él y le pregunté por Barajas Angélico.

—Ya no está en México —me dijo en tono de conmiseración; ha de haber creído que venía a confesarme.

—¡Ese fraccionamiento nos ha dado tantos dolores de cabeza!

Abrió un cajón de su escritorio y sacó unos papeles. Estuvimos revisándolos durante más de una hora. Allí estaban las cuentas de lo que había costado el drenaje, el alumbrado, el pavimento y un recibo "bueno por una calle", firmado por el "Licenciado". Uruchurtu no había aprobado el fraccionamiento, pero en cambio, había aceptado y recibido la calle que hubo necesidad de regalar al Distrito Federal.

Para conseguir la Licencia de Construcción, bastó con hacer un cambio en la solicitud y decir que el terreno estaba en tal calle en vez de que era parte de tal fraccionamiento. Uruchurtu tendría un corazón de piedra pero afortunadamente hasta al mejor cazador se le va la liebre. El siguiente problema que hubo, consistió en determinar el verdadero nombre de la calle. La escritura y el recibo firmado por el "Licenciado" decían Calle de Reforma Norte, los recibos de contribuciones, Prolongación de Reforma, los de consumo de agua, Cerrada de Reforma y en la esquina decía Reforma, a secas.

—Esa calle no existe —me dijo el Administrador de Correos, cuando fui a preguntarle su opinión.

Me explicó que en Coyotlán había tres calles de Reforma sin relación entre sí, pero que ninguna correspondía al lugar en donde yo decía que había comprado un terreno. Han pasado diez años y todavía no se sabe a ciencia cierta cómo se llama la calle donde vivo. El nombre de Reforma, en cambio, ha seguido propagándose por el rumbo; ahora ya hay dos calles de Reforma más; una en la Colonia Atlántida y otra en la Clavos de Cristo, que son nuevas. Esto sin contar con la nueva prolongación del Paseo de la Reforma, que queda en el centro de la ciudad y que es, en realidad, la auténtica calle de Reforma, siendo las demás meras imitaciones.

Cuando mi arquitecto estaba haciendo el deslinde del terreno, se presentó el señor Bobadilla, que vestía a la inglesa y andaba en un Ford 47. Dijo que era dueño del terreno de junto.

—Me está usted invadiendo.

Sacó un plano y una cinta métrica y demostró que, en efecto, estábamos invadiéndolo. Mi arquitecto tuvo que cambiar los límites de mi terreno.

Una mañana, fui a visitar la construcción y me encontré con que un pasillo que estaba en los planos no aparecía en la realidad.

—Es que no cupo —me dijo el arquitecto.

Este misterio quedó sin aclararse hasta que Pepe Manzanares construyó en su terreno, que colindaba con el de Bobadilla y con el mío. Un día se presentó Bobadilla en su Ford 47, vestido a la inglesa, con su plano y su cinta métrica y obligó a Manzanares a tumbar una barda.

—Me falta terreno —me dijo Manzanares, creyendo que yo se lo había robado.

—¡Qué coincidencia! —le contesté—. A mí también me faltó un pasillo.

Manzanares, Bobadilla y yo, nos dirigimos respetuosamente al Departamento del Distrito Federal pidiendo un levantamiento catastral.

Fue toda una revelación. La calle, prolongación o cerrada de Reforma, había sido dibujada en los planos con un rumbo y trazada en el terreno con otro. En consecuencia, Manzanares había perdido veinte metros, yo había perdido cincuenta y había construido un excusado en terrenos de mi vecino del lado norte, que a su vez, había perdido cien metros. Y así sucesivamente. En cambio, Gorgonzola, que estaba al otro lado de la calle, había ganado quinientos metros.

Manzanares, Bobadilla y yo nos juntamos en La Flor de México para decidir lo que íbamos a hacer. Había tres caminos a seguir: primero, demandar a la Compañía de Jesús por cobrarnos más metros de los que nos había entregado; segundo, demandar al Distrito Federal, porque una calle, cerrada o prolongación estaba invadiendo nuestros terrenos; tercero, demandar a Gorgonzola por fraude y abuso de confianza. La situación era delicada, porque la Compañía de Jesús nos hubiera liquidado los metros que nos faltaban de acuerdo con el precio estipulado en las escrituras, que era la cuarta parte de lo que nosotros habíamos pagado y la décima de lo que valían en realidad.

—Yo prefiero no mover el bote —dijo Bobadilla—, porque le compré el terreno al sobrino de un jesuita y me hizo un documento en una servilleta de papel.

Por otra parte, no teníamos pruebas para acusar a Gorgonzola, a quien después de todo, nadie había visto sobornar a un albañil para que hiciera una calle chueca. Optamos por dirigirnos, respetuosamente, al Departamento del Distrito Federal pidiendo justicia, con la intención de que el Departamento se echara encima de Gorgonzola. El Departamento nos hizo justicia de la siguiente manera: a) Se hizo un nuevo levantamiento catastral y se le dio carácter de hecho consumado al crimen de los metros perdidos; b) Se hizo un avalúo de nuestras propiedades, se aumentaron nuestras contribuciones y se nos multó por ocultación de bienes; c) Se nos advirtió que el ''Licenciado no quería oír hablar más del asunto''.

Esto nos pasó por comprar bienes de Manos Muertas. La única satisfacción que me queda es que Gorgonzola nunca pudo terminar su clínica. Allí está todavía; es una ruina sin terminar, en medio de un inmenso solar abandonado.

CUENTO DEL CANARIO, LAS PINZAS Y LOS TRES MUERTOS

1. EL CANARIO

A pesar de estar a veinte metros de una calle muy transitada, durante muchos años mi casa estuvo rodeada de los terrenos selváticos que habían sido de la Compañía de Jesús y se habían convertido en basurero, excusado público, refugio de mendigos, casino de tahúres indigentes y lecho de parejas pobres o urgidas.

Los hechos que culminaron con el robo del canario son los siguientes:

Una noche estaba yo en la sala de mi casa, recostado en el sofá color tabaco, leyendo una novela, en compañía de mi señora madre, que estaba en un sillón leyendo otra novela, cuando sentí que a escasos quince centímetros de mi oreja izquierda alguien estaba escalando el muro de mi casa.

—Ha de ser un gato —dijo mi madre.

Dejé la novela a un lado, subí al segundo piso, salí a la azotea y en la oscuridad distinguí algo, que al principio me pareció efectivamente un gato y que al verlo bien se convirtió en la cabeza y los hombros de un individuo que estaba echado boca abajo en el tejado. Le toqué el hombro impacientemente:

—¡Vámonos de aquí! —le dije.

El hombre se puso de pie. Llevaba un costal vacío.

—Es que me subí a dormir aquí, porque abajo está muy húmedo el piso.

—No me importa que el piso esté húmedo. ¡Vámonos de aquí!

El hombre empezó a descolgarse por donde había subido.

—Perdóneme —me dijo.

Para reforzar mi actitud, le dije:

—¡Y dese de santos que no lo acribillo a balazos!

Era una bravata porque yo no tenía pistola. El hombre caminó entre el matorral hasta llegar al pie de un árbol.

—¿Me da permiso de dormir aquí?

Llevé la bravata a extremos heroicos:

—Duerma donde quiera, pero si vuelve a poner un pie en mi casa, lo sacan con los pies por delante.

Cerré las ventanas del segundo piso y regresé a la sala.

—¿Verdad que fue un gato? —preguntó mi madre.

—Sí, fue un gato.

El segundo hecho ocurrió seis meses después. Yo había dejado abiertas las ventanas de mi cuarto, que está en el segundo piso, y había salido. Mi familia, que tuvo visitas aquella noche, afirma que entre el rumor de la conversación podían oírse pasos misteriosos en el tejado. Cuando decidieron investigar qué estaba ocurriendo, vieron que alguien había vaciado mi guardarropa y se había llevado cuatro trajes viejos, pasados de moda y que me quedaban chicos, y unas veinte corbatas. Una tía mía salió corriendo a la calle a pedir auxilio y vio venir a dos hombres; uno de ellos llevaba un costal.

—¿No han visto a unos ladrones?

—No, señora —le contestaron y siguieron su camino.

A la mañana siguiente, envuelto en un impermeable, exploré el solar de junto y guiándome por las huellas, encontré mis corbatas abandonadas. Debo confesar que me ofendí bastante.

Tres días después de esto, mi madre, que estaba sola en la casa, oyó pasos en la azotea, salió al patio, no vio a nadie, regresó a su cuarto y encontró a un hombre con chamarra de cuero abriendo el cajón de la cómoda en donde tenía guardados catorce pesos.

—¿Pero qué te estás creyendo? —le dijo mi madre—. ¡Lárgate inmediatamente si no quieres que te vaya muy mal!

El hombre salió corriendo despavorido de mi casa, por la puerta principal, que le costó bastante trabajo abrir. Se robó $2.50 que estaban arriba de la cómoda.

Seis meses después, vuelvo a estar en la sala, recostado sobre el sofá color tabaco, leyendo una novela y vuelve a estar mi madre sentada en un sillón leyendo otra, vuelvo a oír que alguien escala el muro, vuelve mi madre a decir que es un gato, vuelvo a subir a la azotea, no encuentro a nadie, me doy media vuelta y descubro, atrás de la ventana por donde yo acababa de salir, unos pelos negros, tiesos y grasosos, muy mexicanos. Voy al encuentro del ladrón, para decirle que se vaya y lo veo salir de su escondite: lívido, con la cara deformada por el terror y las manos por delante. Cuando yo iba a empezar a decirle que se fuera, me cerró la boca con el puñetazo más fuerte que me han dado en mi vida. Cuando comprendí que me había golpeado, ya me había golpeado otras dos veces y estaba sangrando por la boca. Empecé a pegarle y vi cómo se le estiraba el pescuezo como si fuera un gallo. Decidí arrojarlo al patio. Le di un empujón y como yo era más pesado, lo acerqué al borde. Entonces cambié de opinión. Si se caía al patio y se rompía una pierna, ¿cómo iba a poder sacarlo de la casa? No tenía la menor intención de llamar a la policía, que me parece mucho más temible que todos los criminales de México. Mientras yo reflexionaba, él había seguido pegándome y cuando acabé de reflexionar, me caí de rodillas, casi K.O. Entonces, afortunadamente, se fue. Pegó un brinco y cayó en el solar, rompiéndose la pierna que no se había roto en el patio de mi casa. Lo vi perderse entre la maleza, salir a la calle y desaparecer arrastrando una pierna.

Entré en el baño y me miré en el espejo. Tenía la cara como la de Charles Laughton, que en paz descanse, y estaba ensangrentado. Oí que mi madre subía la escalera a toda la velocidad que le permitían sus piernas. Entró en el baño convencida de que iba a encontrar al bandido maniatado, en un rincón.

—¿Lo agarraste?

Entonces me vio la cara y me puso fomentos calientes.

Decidí no correr más riesgos. Alguien me regaló una pistola y la cargué haciendo esta reflexión: "La próxima vez que yo esté leyendo una novela y alguien escale el muro de mi casa", me dije, "subo al segundo piso, abro la ventana, y apoyado cómodamente en el repisón, acribillo a tiros al asaltante''.

Desgraciadamente, nadie volvió a escalar el muro ni a entrar en la azotea de mi casa. El siguiente robo fue mucho más espectacular y estuvo a punto de terminar en tragedia.

Eran las tres de la tarde y había en mi casa ocho o diez personas tomando daikiris. Yo estaba en la cocina, con una coctelera en la mano, cuando vi que un gancho de alambre entraba en el patio de servicio, descolgaba la jaula del canario predilecto de mi tía y desaparecía. Cuando me repuse de la sorpresa, corrí a mi cuarto, saqué la pistola de su escondite, corté cartucho, fui a la ventana y la abrí. A veinte metros estaba un ladrón pobrísimo, con la jaula en la mano, tratando de saltar una barda que da a la calle más transitada de Coyotlán. Apunté y apreté el gatillo. No pasó nada, porque el seguro estaba puesto. Quité el seguro y volví a cortar cartucho. Fue un error. La pistola se embaló y estuve forcejeando con ella mientras el hombre desaparecía tras la barda, con su cargamento. No me quedó otra que bajar a donde estaban los invitados y platicarles lo ocurrido.

Al día siguiente, mi tía dijo:

—¡Qué noche habrá pasado el canario, entre bandidos!

2. LAS PINZAS

Un mendigo de pelo cano, bigote espeso y panza de *bon vivant* vino a mi casa a pedir un taco. Como el día anterior habíamos tenido fiesta y habían sobrado veinte medias noches bastante feas, fui a la cocina, las puse en una bolsa de papel y se las di. El mendigo gordo se quitó el sombrero destartalado, hizo una ligera reverencia, dio las gracias y se fue.

Poco después, subí al segundo piso y por la ventana lo vi; estaba sentado en un montículo de cascajo sacando de la bolsa las medias noches y acomodándolas en hileras sobre el periódico, que le servía de mantel. Frente a él, en cuclillas, estaba un trapero, contemplando la comida con una mano en la quijada. Cuando el gordo le hizo una seña de invitación, el trapero cogió una medianoche y empezó a comérsela; el gordo cogió otra e hizo lo mismo. En ese momento apareció un tercer personaje: una mujer que andaba entre el matorral recogiendo varas secas para hacer leña. Era una vieja que en sus tiempos debió ser guapa. El gordo tomó una medianoche y se la ofreció; ella dejó la leña en el suelo y se sentó a comer junto a ellos.

Cuando llegaron los primeros fríos del invierno, vino el gordo a mi casa y me dijo:

—¿No tendría una cobijita vieja que me regalara? Porque nomás tengo esto para ponerme encima —me señaló el suéter roto que traía puesto.

Yo no tenía cobija, pero le di una camisa desteñida, un saco lustroso, unos pantalones luidos y unos zapatos que eran tan duros que nunca me los pude poner.

El gordo se quitó el sombrero destartalado, hizo una ligera reverencia, me dio las gracias y se fue. Desde ese día, siempre que venía a mi casa se ponía los zapatos que le di. Si esto fue un tormento para él, se vengó con creces, porque tomó la costumbre de venir una vez a la semana, a las siete de la mañana. Yo le daba dos, tres, hasta cinco pesos, según el humor de que estuviera y el estado de mis finanzas. A veces, le decía:

—Ahora sí me agarró muy pobre.

—¡Cuánto lo siento, patrón! Pero no desespere, que Dios no falta.

Y se iba después de consolarme.

Un día lo vi, por la ventana, bajarse los pantalones que habían sido míos, y hacer el amor entre el matorral con la vieja de la leña. Otro día lo vi pasear afuera de una obra que estaba frente a mi casa y, en un momento en que los albañiles se descuidaron, robarse unas pinzas que estaban en el suelo. Se las echó en la bolsa, cruzó la calle y llamó a la puerta de mi casa. Cuando le abrí, sacó las pinzas de la bolsa y me las ofreció.

—Patrón, permítame que le haga un regalito.

El truco me conmovió tanto, que le di cinco pesos y guardé las pinzas, que todavía conservo. Son muy útiles.

Otro día, se empeñó en regalarme un anillo espantoso y tuve que darle diez pesos para que se lo llevara sin irse ofendido; otro, me trajo una moneda de veinticinco centavos de dólar.

—¿Cuánto valdrá esta moneda? —me preguntó.

—Tres pesos.

—Se la regalo.

Tuve que regalarle cinco pesos.

Otro día trajo unos camotes en una bolsa.

—Son de lirio, patrón. Del fino.

Le di diez pesos y planté los camotes, que nunca brotaron.

Un día me dijo, con mucho misterio.

—Usted no está para saberlo, patrón, pero tengo una grave urgencia. ¿Puede prestarme veinte pesos?

Se los presté. El día en que había prometido devolverlos, se presentó con doce pesos nada más.

—Patrón, no pude acabalarle los veinte pesos, pero aquí le traigo doce, para que vea que la voluntad no me falta.

No se los acepté y le perdoné la deuda.

A la siguiente vez que vino, me dijo:

—Patrón, usted no está para saberlo, pero tengo a la mujer muy enferma. ¿Puede usted prestarme cincuenta pesos?

—Bueno, pero me los pagas.

No volvió por un tiempo. Por fin se presentó.

—Patrón, no he tenido dinero para devolverle sus centavos. ¿Puede prestarme otros cincuenta pesos?

—No.

Me había cansado de darle dinero y de que me hiciera levantarme a las siete de la mañana. Cuando le dije que no, él me miró estupefacto.

—Pero si usted no me ayuda, ¿quién va a ayudarme?

—No sé —le dije y cerré la puerta.

Regresó a los pocos días.

—Ahora no hay nada —le dije.

Esa vez, lloró.

Hizo otros dos intentos y después, desapareció. Cuando desapareció, me arrepentí de haberlo tratado mal.

Años después, cuando estaba yo viviendo en otra parte del país y venía a México solamente los fines de semana, me dijeron en mi casa:

—Vino el gordo, muy derrotado, y dijo que si no podrías regalarle algo de ropa.

Le preparé un ajuar. Un saco, tres camisas, dos pantalones y un par de zapatos. Pero el tiempo pasó, el gordo no regresó, mi madre se impacientó y le regaló la ropa al jardinero.

Una mañana, cuando regresé a México, estaba profundamente dormido cuando alguien tocó el timbre; eran las siete de la mañana. Era el gordo que venía por su ajuar.

—¿Por qué no vino antes? Ya le dieron el tambache a otro.

—He estado muy enfermo —me dijo.

Estaba harapiento, el sombrero, peor que nunca, y los zapatos destrozados. Le di veinte pesos.

—Necesito ropa, patrón —me dijo mientras se los guardaba.

Le dije que regresara en una semana, a ver si mientras le conseguía algo. Se despidió como siempre, quitándose el sombrero e inclinándose ligeramente. Se fue caminando muy despacito y nunca volvió.

3. LOS TRES MUERTOS

El primero fue el cuidador que dejamos en la casa cuando fuimos a pasar tres meses en otra parte del país. Era un antiguo albañil que un accidente dejó baldado y trabajaba velando las construcciones que hacía mi arquitecto. Tenía unos cincuenta años, color enfermizo y una pierna chueca y tiesa. Dormía solo en la casa; por la mañana venía uno de sus hijos pequeños con la comida de todo el día; después de almorzar, ambos salían a la calle, se sentaban en la banqueta y pasaban el día tomando el sol; al anochecer, el niño se iba y el padre se metía en la cama y dormía hasta el día siguiente.

Durante el tiempo en que él estuvo de velador, vine a México dos o tres veces y me quedé a dormir en la casa; no sé por qué razón, Ramón, que así se llamaba, decidió que yo necesitaba despertar a las siete, y todas las mañanas subía cojeando la escalera de madera y tocaba en la puerta de mi cuarto.

—Ya son las siete, señor —me decía.

—Muchas gracias, Ramón —le contestaba yo y seguía durmiendo.

Un día conocí a su mujer, que era flaca, muy chocante y demasiado respetuosa.

Ramón dejó dos recuerdos: una planta de camelia, que él plantó y nosotros tuvimos que pagar dos veces, porque se la pagamos primero a él y después al que vino y dijo que la planta era suya y nadie se la había pagado; el segundo recuerdo fue la mugre que dejó entre las páginas de *Fortunata y Jacinta* que mi madre le prestó para que se distrajera. Cada vez que veíamos la planta o el libro, nos acordábamos de Ramón.

Meses después de haberse ido él vino su mujer a decirnos que estaba muy enfermo y que necesitaba veinte pesos para las medicinas. Mi madre se los dio. Al mes, la mujer regresó llorosa a pedir cincuenta para la caja. Mi madre se los dio y después dijo:

—¡Pobre Ramón, ya en el otro mundo!

La tercer visita le costó a mi madre diez pesos, a cambio de los cuales, la mujer prometió traer una foto que le habían tomado a Ramón, ya muerto. La cuarta fue la última, gracias a que la encontré orinando en la calle y ya no se atrevió a llegar a mi casa a darnos el sablazo.

Pasaron varios años. Cada vez que la camelia daba una flor o que alguien hojeaba el libro de *Fortunata y Jacinta*, mi madre decía:

—¡Pobre Ramón, ya en el otro mundo!

Hasta que un día dijo esto delante del arquitecto, que había venido a comer en tiempo de camelias. El arquitecto la miró perplejo.

—¿Cómo en el otro mundo, si está trabajando conmigo en un edificio que estoy haciendo en la Calzada de Tlalpan?

Desde ese día, cada vez que hay una camelia o que ve las hojas de *Fortunata y Jacinta*, mi madre dice:

—¡Y aquella mujer, que iba a traerme el retrato de Ramón, ya muerto!

El segundo muerto fue probablemente real.

Había un viejo jardinero, con mal del pinto, que cada seis meses tocaba el timbre de mi casa y me pedía trabajo.

—Gracias —le decía yo—, pero tenemos un jardinero que viene cada ocho días.

Y el viejo se echaba al hombro su cortadora de pasto y se iba.

Pero un día, el jardinero que venía cada semana se fue a vivir a Querétaro y nos quedamos sin nadie que nos arreglara el jardín. Por eso, cuando volvió el pinto, lo contraté. Venía acompañado de un indio grandote, bigotón y muy risueño, que era el que ahora cargaba la cortadora.

—Yo ya estoy muy viejo, pero mi ayudante hace el trabajo pesado —me explicó el pinto.

Y en efecto, el indio cortaba el pasto y removía la tierra, mientras el pinto quitaba las hojas secas. Cuando terminaron su trabajo, se fueron.

Al día siguiente, regresó el pinto con la cortadora.

Venía temblando y apenas podía hablar.

—Un coche atropelló a mi compañero y tengo que ir a verlo en la Cruz Roja.

Quería que le guardáramos la máquina y que le diéramos algo de dinero para el taxi. Le dimos cincuenta pesos. Regresó días después, a recoger la cortadora. Su compañero había muerto, dijo, y agregó:

—Ahora ya no podré trabajar de jardinero, porque estoy muy viejo.

Se dedicó a comerciante. Nos ha vendido plantas de hortensia, semillas de tulipán, camotes de alcatraz, abono químico, violetas, nardos y una hoz.

El tercer muerto fue ficticio.

José Zamora es un plomero y electricista muy hábil, muy rápido y muy carero. Lo llama uno y en media hora está el desperfecto arreglado y Zamora cobrando una suma exagerada.

Un día pasó repartiendo tarjetas en las casas de sus clientes.

—Aquí le dejo, patrón, para que cuando se le ofrezca algún trabajo sepa dónde encontrarme.

No es que se hubiera cambiado de casa, sino que había tenido dinero para imprimir tarjetas.

Las tarjetas decían: "José Zapata. Trabajos de Plomería y Electricidad."

—¿No dijo usted que se llamaba Zamora? —le pregunté.

—Es que me llamo Zamora Zapata y prefiero llamarme Zapata que Zamora —me explicó.

El maestro Zamora venía en una bicicleta, con un estuche de herramientas y un chiquillo, que era hijo suyo y le servía de ayudante.

Un día, llegó un joven desconocido a la casa y dijo, tartamudeando:

—Vengo de parte del maestro Zamora que dice que le manden cincuenta pesos, prestados o regalados, porque a su hijo lo acaba de atropellar un camión y necesita dinero para lo que se ofrezca.

Mi madre le entregó los cincuenta pesos y se pasó tres meses diciendo:

—¡Pobre de Zamora, cómo estará, con el hijo herido, baldado o muerto!

Cuando hubo un desperfecto y necesidad de llamar al plomero, mi madre le dijo a la criada:

—Ve a buscar a Zamora, a ver si puede venir, porque el hijo puede estar en el hospital o ya enterrado.

Cuando llegó Zamora, le preguntó:

—¿Cómo siguió su hijo?

—¿Cuál de ellos?

—El atropellado.

—¿Cuál atropellado?

Cuando mi madre le explicó el episodio de los cincuenta pesos, Zamora dijo:

—¡Qué infamia! ¡Cómo hay gente sinvergüenza!

Pero a los ocho días, mandó al hijo ''atropellado'' a pedir cincuenta pesos ''a cuenta de trabajos futuros''. Se los mandamos y después se cambió de casa sin dejar rastro y no hemos vuelto a verlo.

MIS EMBARGOS

En 1956 escribí una comedia que, según yo, iba a abrirme las puertas de la fama, recibí una pequeña herencia y comencé a hacer mi casa. Creía yo que la fortuna iba a sonreírme. Estaba muy equivocado; la comedia no llegó a ser estrenada, las puertas de la fama, no sólo no se abrieron, sino que dejé de ser un joven escritor que promete y me convertí en un desconocido; me quedé cesante, el dinero de la herencia se fue en pitos y flautas y cuando me cambié a mi casa propia, en abril de 1957, debía sesenta mil pesos y tuve que pedir prestado para pagar el camión de la mudanza. En ese año mis ingresos totales fueron los 300 pesos que gané por hacer un levantamiento topográfico.

Vinieron años muy duros. Cuando no me alcanzaba el dinero para comprar mantequilla, pensaba: "Con treinta mil pesos, salgo de apuros." Adquirí malos hábitos: andaba de alpargatas todo el tiempo y así entraba en los bancos a pedir prestado. Todas las puertas se me cerraban. Encontraba en la calle a amigos que no había visto en diez años y antes de saludarles, les decía:

—Oye, préstame diez pesos.

Los domingos, invitaba a una docena de personas a comer en mi casa y les decía a todos:

—Traigan un platillo.

Con las sobras comíamos el resto de la semana.

Mi frustración llegó a tal grado que una vez que se metió un mosco en mi cuarto, tomé la bomba de flit y la manija se zafó y me quedé con ella en la mano.

"Es que el destino está contra mí", pensé, en el colmo de la desesperación.

Pero no hay mal que dure cien años. En 1960 gané un concurso literario patrocinado por el Lic. Uruchurtu. Salí en los periódicos retratado, dándole la mano al presidente López Mateos y recibiendo de éste un cheque de veinticinco mil pesos. Mis acreedores se presentaron en mi casa al día siguiente.

El dinero lo repartí entre una señora cuya madre acababa de ser operada de un tumor, dos señores que ya me habían retirado el saludo, el tendero de la esquina de mi casa, que estaba a punto de quebrar, un viaje a Acapulco que hice para celebrar mi triunfo, unos zapatos que compré y mil pesos que guardé entre las páginas de un libro, "para ir viviendo". La deuda más importante, que era la de doña Amalia de Cándamo y Begonia, quedó sin liquidar.

Doña Amalia tuvo la culpa de que yo no le pagara, por no presentarse a tiempo a cobrar. O, mejor dicho, no se presentó a cobrar, porque no le convenía que yo le pagara; porque no andaba tras de su dinero, sino de mi casa.

La historia de doña Amalia es bastante sórdida. Yo había hipotecado mi casa en Crédito Hipotecario, S.A. y como estaba en la miseria, dejé de pagar las mensualidades. Al cabo de un año, estos señores (los de Crédito Hipotecario) se impacientaron, me echaron a los abogados, me embargaron y exigieron que les devolviera su dinero, que eran cincuenta mil pesos, más réditos, más costos de juicio, etc.

Para pagar esto, yo necesitaba hacer otra hipoteca mayor. Pero no es fácil hacer una hipoteca con una compañía seria cuando el único antecedente es un embargo. Consulté con entendidos. En aquellos casos, me dijeron, se necesitaba conseguir una hipoteca particular. Fui a ver a un coyote que se hacía pasar por "agente de bienes raíces", tenía una secretaria bastante guapa y eficiente, un hijo ingeniero y varios aspirantes a la clase media sentados en la sala de espera. El señor Garibay, que así se llamaba, era viejo, sordo, calvo y casi retrasado mental. Nunca supo si yo quería invertir sesenta mil pesos o si quería pedirlos prestados. Tuvimos varias entrevistas desalentadoras.

Cuando ya había yo perdido toda esperanza, se presentó en mi casa doña Amalia de Cándamo y Begonia. Venía acompañada del doctor Rocafuerte, que no sería su marido, pero sí era su consejero. Venían de parte de Garibay a ver la casa, porque tenían interés en "facilitarme" el dinero que yo necesitaba.

La casa les encantó. Y yo, más. En mi rostro se notaban la imbecilidad en materia económica que es propia de los artistas y la solvencia moral propia de la "gente decente".

—¡Ah, cuadros existencialistas! —dijo el doctor Rocafuerte cuando vio los abstractos que yo tenía en mi cuarto. Era un viejo bóveda, de ojeras negras y pelo blanco, de voz cavernosa y modales draculenses. Alto y reseco.

Doña Amalia, que llevaba un sombrerito bastante ridículo, se sentó en un equipal. A pesar de sus cincuenta y tantos, tenía buena pierna. En general, puede decirse que hubiera estado buena, si no hubiera sido por la pinta de autoviuda que tenía. Muy peripuesta, con su sombrerito, su velito, que le tapaba las narices (y probablemente las verrugas), su traje sastre café, muy arreglado, sus guantes *beige*, con las manos cruzadas sobre las piernazas. Como diciendo: "Yo no quiebro un plato, pero sé defenderme."

—¿Qué le parece si en vez de sesenta mil le prestamos setenta? —me preguntó Rocafuerte, cuando ya se iban.

—Vengan de allí —contesté.

—Qué bueno que quiera usted todo el dinero —dijo doña Amalia—. Es lo que me dejó mi marido y no sabría qué hacer con el resto.

Se fueron en un coche negro, tan fúnebre como Rocafuerte.

Si me hubiera extrañado que alguien se interesara en prestarle dinero a quien evidentemente era un paria de la sociedad, en el despacho del notario Angulo hubiera encontrado la explicación del misterio. Yo era un paria, pero un paria con casa propia. Doña Amalia me prestó el dinero, no porque creyera que yo podía pagarle, sino precisamente porque sabía que no iba a poder pagarle. Es decir, metió setenta mil pesos, para sacar, no los réditos, sino la casa.

En la notaría de Angulo, entre éste, Garibay y doña Amalia, me dieron un golpe del que todavía no me recupero. Habíamos hablado de intereses a razón del 1.5% mensual, y así decía la escritura, nomás que pagaderos en mensualidades adelantadas. Si pasaba el día 15 y yo no liquidaba, los intereses subían al 2.5%. Si pasaban dos meses sin que yo pagara, doña Amalia tenía derecho de embargarme y yo tenía que pagar las costas y dos mensualidades de castigo. La hipoteca vencía en dos años; si pagaba yo antes, dos meses de castigo. Si pagaba yo después, dos meses de castigo. Si no me gustaba la escritura, dos meses de castigo, liquidación de honorarios a Angulo, por el trabajo que se tomó en redactar mi sentencia de muerte, y liquidación a Garibay, que se llevaba una comisión del 3% por conseguir quién me trasquilara. La escritura no me gustó, como es natural, pero como no tenía los siete mil pesos que me hubiera costado decirlo, no dije nada y firmé y cada quien tomó su parte y yo me fui a casa, con los tres mil pesos que me sobraron, a tratar de olvidar la pata que había metido.

Los dos primeros meses no hubo problemas, pero llegó el día primero del tercero y el quince y el último y el día primero del cuarto y el quince y yo no tenía dinero para pagar la mensualidad.

En aquel entonces, yo andaba tratando de cobrar un dinero que me debía el Instituto de Bellas Artes. Como me hicieron subir al tercer piso y bajar al primero y esperar en el segundo, y buscar la firma de un señor que se había ido de vacaciones y el visto bueno de otro que tenía peritonitis, no tuve el dinero sino hasta el día veinte, un Miércoles Santo, a las dos y media de la tarde. Inmediatamente fui a casa de doña Amalia, que vivía en la que le había dejado su marido en las Lomas de Chapultepec.

Cuando llegué, doña Amalia, sus dos hijas y el doctor Rocafuerte se disponían a emprender un viaje de vacaciones a Tequesquitengo. Las muchachas le decían al doctor "tío".

—Pues imagínese, señor Ibargüengoitia —me dijo doña Amalia—, que ya el abogado tiene los papeles y órdenes de embargarlo.

—¿Pero cómo es posible, señora? Si apenas estamos a día veinte y aquí está el dinero.

Le enseñé el dinero. Eran tan avaros, que nomás de verlo suspendieron el viaje a Tequesquitengo. Bajaron a las niñas del coche y fuimos a buscar el abogado para que detuviera el embargo.

—Esta operación ya no nos conviene —dijo el doctor Rocafuerte—. ¿No podría usted liquidarnos, señor Ibargüengoitia?

—De ninguna manera, doctor —le dije.

Me explicaron que habían aumentado los impuestos sobre préstamos hipotecarios y que les estaba saliendo más caro el caldo que los frijoles.

—Si no fuera por eso —dijo doña Amalia—, no hubiéramos pensado en embargarlo tan pronto.

Después platicamos de problemas morales.

—Los hombres —dijo doña Amalia—, cuando están jóvenes, abandonan a sus mujeres y se van con otras. Después, cuando ya están viejos y enfermos de diabetes, de cáncer en la próstata o de sífilis, regresan a buscar compañía. ¡No hay derecho!

Yo pensé: "Así ha de haber sido el difunto Cándamo." Aunque pensándolo bien, de Cándamo no sé ni si es difunto.

—Trata de ser comprensiva, Amalia —dijo el doctor Rocafuerte, que iba manejando. Dijo varias cosas en este tono y remató con—: El nexo del matrimonio es indisoluble.

Esa noche no pudimos encontrar al licenciado Reguero, que se había ido a hacer los Ejercicios Espirituales de San Ignacio de Loyola, de los que salió muy purificado el lunes siguiente. De nada me sirvió. Ese lunes yo pagué dos meses de intereses a razón del 2.5% y novecientos pesos de honorarios al purificado, por redactar una demanda de embargo que no llegó a ser presentada.

Quedé muy tranquilo, sintiéndome "al día". Pero me duró poco el gusto, porque los meses pasaron y la cuenta creció. Un día, hojeando el periódico, me encontré con la noticia de una cena organizada por doña Amalia, a la que había asistido nada menos que "el marqués de Rocafuerte".

—Marqués de la Chifosca Mosca —dije y cerré el periódico.

Al día siguiente, como maldición, me los encontré en la Librería Británica. Andaban comprando libros de pintura para hacer un regalo.

—Señor Ibargüengoitia —me dijo Rocafuerte—, hace mucho que no sabemos de usted.

Doña Amalia, que como de costumbre llevaba sombrerito, me miró como diciéndome: "¡Está usted dejándome en la calle, sinvergüenza!"

Me sentí un canalla. ¡Arrebatarles el pan de la boca a doña Amalia y a sus dos hijas de puta! ¡Se necesitaba tupé!

Pues siguieron pasando los meses y vino el licenciado Reguero con un actuario a mi casa y me embargaron.

—No se apure —me dijo Reguero—. Doña Amalia es muy brava, pero yo trataré de defender sus intereses... quiero decir, los de usted.

Dijo esto, porque él sería el abogado de doña Amalia, pero después de todo, el que iba a pagar sus honorarios era yo.

—Procuraré retardar el juicio. Tiene usted tres meses para pagar.

Poco después de esto ocurrió lo del cheque que me entregó López Mateos, que como ya dije, de nada les sirvió a ellos, porque no vieron un centavo.

La mente de aquellos prestamistas era bastante extraña. Nunca creyeron que yo fuera a pagarles y sin embargo, cuando no les pagaba, se ofendían. Que yo saliera en el periódico de la mano de López Mateos y con veinticinco mil pesos y que no fuera para echarles un telefonazo, les daba mucho coraje.

Quiso mi mala suerte que en el viaje que hice a Acapulco para celebrar mi triunfo, me los encontrara; nada menos que en el bar del Hotel Presidente.

—Señor Ibargüengoitia, ya no tengo ni qué comer —me dijo doña Amalia.

—Pues yo tampoco —le contesté y pedí un *Planter's Punch*.

Mientras el juicio de embargo seguía su curso, empecé a buscar dinero para liquidar antes de que mi casa saliera a remate.

Fui a ver al señor Bloom, el conocido agiotista. Me dijo primero que no tenía dinero, después, que la cosa estaba muy difícil por el embargo y por último, que algo se podría hacer si estaba yo dispuesto a pagar el 3% mensual. Cuando le dije que sí lo estaba, me dijo, mirándome paternalmente:

—No se preocupe. Salvaremos la casa.

Fui a Guanajuato a entrevistarme con otro grandísimo ladrón, muy respetado en esa ciudad.

—Tú pones la casa a mi nombre y yo te consigo el dinero al 2.5% —me dijo, convencido de que me hacía un gran favor.

El dinero, huelga decir, era suyo, pero prefirió hacer un teatrito y hasta me presentó a un señor que según él era quien iba a financiar la operación. Este señor era tan imbécil que no pudo aprenderse su papel que consistía en decir "sí" y se fue sin decir nada.

—Éste es un bandido —me dijo el grandísimo ladrón, cuando salió su palero—, ten mucho cuidado con él.

Yo decía que sí a todo, con tal de salir del lío.

Cuando regresé a México, me encontré con que doña Amalia y Rocafuerte habían ido a visitar a mi madre.

—¿Ya vio que su hijo salió en los periódicos? —le preguntaron y le entregaron un ejemplar de *El Universal* que decía: "Al margen, un sello que dice 'Estados Unidos Mexicanos...', etc."

Era la notificación del remate.

—Nosotros hemos hecho todo lo que estuvo de nuestra parte —le dijo doña Amalia a mi madre—, pero su hijo no paga. Compréndame usted: yo tengo que mantener a mis hijas.

También fueron a ver a mi primo Carlos, que es la gran cosa en el Banco Nacional de México.

—¿Qué el Banco no podrá hacer nada por este muchacho? —le dijo Rocafuerte a Carlos—. A usted no le conviene que el nombre de la familia ande revolcándose en los tribunales.

—¿Para qué le prestaron dinero, si sabían que era un bohemio? —les contestó Carlos—. Él nunca ha dicho que no es bohemio.

El Banco, huelga decirlo, no podía hacer nada.

A mi casa empezaron a llegar ancianos, de los que se dedican a desvalijar ahorcados.

—¿Esta es la casa que va a salir a remate? —preguntaban.

—Sí, pero no está en venta —les contestaba yo y cerraba la puerta.

Mientras el señor Bloom y el agiotista guanajuatense aparecían con el dinero, fui a ver a un amigo de la familia que tiene una agencia de bienes raíces y está podrido en pesos.

—Te vendo mi casa en ciento cincuenta mil —le dije.

—¡Válgame Dios! Pues, ¿para qué te dedicaste a escritor? ¡Ahora van a quedarse en la calle! —me contestó, pero ni me compró la casa, ni me prestó el dinero.

Recibí carta de Guanajuato que me decía que la operación era tan arriesgada que sólo se podría hacer si yo estaba dispuesto a pagar el 3.5% en vez de 2.5, como habíamos quedado. Yo estaba dispuesto a todo, porque de cualquier manera no pensaba pagar los intereses. Mi plan era: conseguir el dinero, escapar al remate y esperar un milagro.

También traté de transar con doña Amalia y el marqués.

—Quédense con la casa, déjenme vivir en ella tres años y estamos a mano.

—Usted está soñando —me dijo el marqués y habló sobre las ilusiones que la gente se hace sobre el precio de sus propiedades.

Después me explicaron el asunto. Yo debía veintinueve mil pesos de réditos, intereses moratorios, gastos y costas; más los setenta mil que me habían dado antes, eran noventa y nueve mil pesos. La casa iba a salir a remate en noventa y nueve mil y un pesos. Como no iba a haber pujadores (me explicaron que en estos casos nunca hay puja-

70

dores), la casa se iba a rematar en noventa y nueve mil y un pesos, a ellos. Se iban a quedar con la casa, me iban a entregar un peso y asunto concluido.

Ya hasta me daba risa. Veía todo perdido. Compré un libro sobre almirantes ingleses y pasaba muchas horas encerrado en mi cuarto, leyéndolo y esperando a que viniera la autoridad a sacarme. Cuando venían visitantes, les contaba que el sábado iban a rematar mi casa.

Pero no la remataron, porque el milagro que yo esperaba, ocurrió: alguien, en quien yo ni había pensado, me prestó cien mil pesos a diez años y con intereses del 10% anual. Mi madre insiste en que fue un milagro de San Martín de Porres.

Pero milagro o no, el caso es que el viernes anterior al remate, llamé a doña Amalia y le dije que ya le tenía el dinero.

El remate se suspendió. Cuando cancelamos la hipoteca, doña Amalia me dijo:

—¡Qué suerte la de usted, en haber caído con personas decentes, porque andan muchos por allí que son verdaderos lobos!

Y el notario, antes de leer la escritura de cancelación, me dijo:

—A usted hay que darle un tirón de orejas, por descuidado. ¡Si no fuera por lo paciente que ha sido doña Amalia, le hubiera ido requetemal!

Y cuando ya estaba todo firmado y ellos habían recibido su dinero, el doctor Rocafuerte y marqués de lo mismo, me dijo, con gran solemnidad:

—Queremos decirle, señor Ibargüengoitia, que nos da mucho gusto que haya usted salvado su casa. Ha sido para nosotros un verdadero placer tratar con una persona tan honrada y cumplida como usted.

Nos despedimos casi de beso, pero cuando los vi de espalda, les menté la madre.

LA VELA PERPETUA

—Julia y tú —me dijo uno que ahora tiene fama de buen novelista—, han sido muy buenos amigos y volverán a serlo. Esto no es más que un pleito pasajero.

Se equivocó. El pleito se acabó hace mucho, pero Julia y yo no volvimos a ser amigos, ni buenos ni malos.

Supongo que la gente habrá creído que nos peleábamos por celos, porque en aquella época se podía pensar que Julia me ponía los cuernos con el gringo aquél que se llamaba Ed Hole; también se podía pensar que el celoso era el marido de Julia, porque Julia tenía marido cuando sucedió el pleito y que Julia y yo le poníamos los cuernos. Pero las dos versiones carecen de fundamento. Ni Julia me puso los cuernos con Ed Hole, ni se los puso conmigo a su marido, por la sencilla razón de que Julia y yo nunca fuimos amantes.

Pero esto no es más que el final de la aventura. Lo interesante fue el principio.

Yo entré en la Escuela de Filosofía y Letras, que entonces estaba en Mascarones, y allí la conocí. Ni yo le gustaba a ella, ni ella me gustaba a mí; ni yo le simpatizaba, ni me simpatizaba ella. A Julia le gustaban los hombres esmirriados y muy cultos, así que me consideraba un ingeniorote bajado del cerro a tamborazos. Yo, por mi parte, pensaba que a ella le faltaban pechos, le faltaban piernas, le faltaban nalgas y le sobraban dos o tres idiomas que ella creía que hablaba a las mil maravillas.

Nos avergonzábamos el uno del otro. Un día subí al segundo piso de Mascarones y la encontré allí platicando con Jaime Salines, el gran poeta, que ya desde entonces se creía Cristo Crucificado. Ella me vio venir con mi chamarra *beige*, mis pantalones *beige*, mi camisa *beige* y mis zapatos *beige*, muy quitado de la pena y me echó una mirada que me dejó helado. Cuando llegué junto a ellos, Julia me trató como si apenas me conociera y Salines, que estaba pensando en la condición humana, ni me miró. En otra ocasión, tuvimos examen de Fonética; ella terminó, se levantó del asiento, entregó su prueba y salió de clase. Llevaba una bolsa de mecate con barbas de estropajo, porque era medio folklórica. Amancio Bolaño e Isla, que era el maestro, se le quedó mirando muy extrañado y cuando ella salió me preguntó:

—¿Qué es lo que traía en la mano?

Y yo, como San Pedro, contesté:

—No sé, Maestro. No me fijé.

Pero si yo no le gustaba, si le parecía tan grandote y tan ignorante, ¿por qué estaba esperándome aquella noche cuando salí de clase de Italiano y fui a mirar a las que estaban tomando clase de Danza? Si no tenía intenciones eróticas, ¿por qué me propuso que camináramos un rato y me llevó al Parque Sullivan? Misterio. Y si a mí no me gustaba, si la encontraba físicamente tan deficiente, ¿por qué le cogí la mano primero, por qué la besé después y por qué estuve besándola cada vez que encontramos un rincón oscuro en el camino a su casa? Misterio. Y si pasó todo esto, ¿por qué no pasó nada después? Es decir, ¿por qué no acabamos donde deben acabar estas cosas: en la cama? También misterio.

Al día siguiente de aquella noche, llegué muy galante a la Escuela y le pregunté, con un tono medio arrebatado:

—¿Quieres que sea tu amante, tu marido, tu novio, tu amigo? ¿Qué vamos a hacer?

—No haremos nada —me contestó, con una indiferencia bastante teatral—. Cuando salgamos de clase iremos al parque y allí nos besaremos. Eso es todo.

Y eso fue todo. Durante los cinco años que siguieron, nunca supe si fui su amante, su marido, su novio, o su amigo. Creo que ella tampoco llegó a saberlo.

Cuando la conocí, acababa de divorciarse de su primer marido; cuando tuvimos el pleito, cinco años después, tenía tres de casada con su segundo marido. Es decir, que yo la conduje, con mano firme, de un matrimonio al otro y todavía la acompañé durante los tres primeros años del segundo.

Durante una época me consolé pensando que no me había casado con ella porque no quería compromisos. Ésta es una explicación simplista, porque supone que ella *sí* quería casarse conmigo, lo cual es una de las partes oscuras del misterio. Julia me dijo que *no* quería casarse conmigo y me dijo que *sí* quería casarse conmigo; me dijo que no me necesitaba y me dijo que no podía vivir sin mi apoyo; me dijo que éramos como hermanos y me dijo que si en tal circunstancia yo hubiera ''insistido'', ella no hubiera podido negarme nada.

Pero como ''insistí'' solamente en momentos inoportunos, todo comenzó en el Parque Sullivan, siguió en el Parque Sullivan y terminó en el Parque Sullivan. Digo, todo lo erótico. Lo no erótico, en cambio, fue un verdadero margallate.

Por ejemplo, sus confesiones. La primera fue, como es lógico, que estaba divorciada y que tenía un hijo. Esta revelación me pareció trágica, porque en aquella época me parecía que era trágico casarse, trágico parir y trágico divorciarse. La segunda revelación fue todavía peor: su marido había sido un homosexual de siete suelas. Esta tesis no duró mucho tiempo y probablemente fue inspirada, no en hechos reales, sino en *Un tranvía llamado Deseo*, que en aquella época estaba muy de moda; en confesiones subsecuentes, su marido se convirtió en un maniaco sexual, que no se bajaba de ella. La tercera confesión fue que Fulano de Tal, que era tan su amigo, no era su amigo en realidad, sino que había sido su amante. Habían tenido un coito en un departamento prestado, que les había salido muy mal. El caso es que desde esa ocasión, cada vez que se encontraban se quedaban como electrizados. Me confesó un embarazo y una hemorragia que le había venido cuando estaba parada en un césped esperando un camión; me confesó un ''rechazo hacia el ser amado''; me confesó un principio de enamoramiento con un maricón, un *affaire* con su médico de cabecera y la ligera tentación lesbiana que le provocaba una argentina imbécil que después se suicidó.

Ahora estoy convencido de que la mitad de estas confesiones fueron apócrifas, pero en esa época me las tragué como si fueran el Evangelio; aprendí psicología, porque ella se tenía la terminología muy bien sabida y me quedé como quien va a la playa y ve de repente salir del agua a Laocoonte en aprietos.

Las confesiones fueron factor muy importante en las relaciones entre Julia y yo, porque por una parte me convertí en una especie de Doctora Corazón y por otra, me convencí de que irse a la cama con Julia era una de las empresas más complicadas que pudiera intentar el hombre y la de éxito más problemático.

Un día me dijo, como para complicar más las cosas:

—Le platiqué a mi amiga María Elena de ti y ella me felicitó.

—¿Por qué te felicitó?

—¡Porque es tan raro que estas cosas sucedan!

Debí preguntar cuáles eran las cosas que estaban sucediendo, pero me dio miedo y preferí quedarme callado. Me quedé en la duda de si se refería a que había encontrado un buen confidente, o si le había "confesado" a María Elena que estábamos amándonos como locos.

María Elena nos invitó a comer un domingo y fuimos, la Sagrada Familia: ella, el niño y yo.

Al principio de nuestra relación, teníamos que pasar juntos cuatro horas diarias cinco veces por semana; por obligación, porque estábamos en la misma escuela y tomábamos las mismas clases; después, cuando ya estábamos hechos uno al otro, no podíamos separarnos, íbamos a clase juntos, íbamos al café juntos y después la acompañaba hasta su casa; en el camino entrábamos en un café de Insurgentes y ella comía una ensalada de frutas y yo tomaba café; así pasaban otras dos horas.

En la Escuela, las mujeres mayores me decían:

—Usted no se meta con ésa, que no le conviene.

Julia tenía un halo trágico, que después de todo, era lo que la hacía atractiva. Escribía unas obronas en donde la gente sufría mucho, se aburría mucho y odiaba mucho y las leía con voz lenta y precisa, con una sobriedad rayana en la monotonía. Yo la escuchaba alelado, asombrado de que se le ocurrieran cosas tan tremendas.

Una estudiante americana, que nos conoció el primer año, vino a fines del segundo y me preguntó impaciente:

—¿Todavía no te has liberado de ésa?

Pero yo no quería liberarme. No podía vivir sin ella, creía yo. Hubo dos viajes en los que ocurrieron cosas que determinaron el curso de la historia.

El primero fue un viaje... de estudio, digamos. No importa qué clase de estudio, ni a dónde fue; lo que importa es que los hombres estábamos en un cuarto y ella, que era la única mujer, estaba en otro. Cuando la encontré lavándose los dientes y ella me miró y se rió con la boca enjabonada, comprendí que la relación de confesionario que estábamos teniendo en esa época iba a dar un salto. Dicho y hecho. Una tarde, después de dos días de investigaciones fructíferas pero bastante aburridas, se fueron los demás al cine y nos dejaron solos en el hotel. Nos tomamos una botella de ron "Potrero" sentados en una cama y después, recostados en la misma, hicimos actos previos bastantes para una vida de coitos. Pero cada vez que yo, con gran timidez quería llegar a mayores, ella me decía: "No, no", y yo la obedecía. Después, se levantó y se fue a acostar en su cuarto, porque todo esto había pasado en el mío. Aquí quisiera contar que cuando se fue, esperé un rato y después la seguí a su cuarto y la encontré dormida, pero la verdad es que me quedé un rato pensando qué hacer y antes de decidir nada, me dormí.

No vaya a pensarse que ella pasó horas retorciéndose en la cama. Lo más probable es que se haya dormido inmediatamente. Y si las pasó, muy su culpa, porque antes me dijo tantos "noes" como para acabar con las ganas de otro más apasionado que yo. El caso es que al día siguiente ella estaba encantada. Fuimos a dar un paseíto por unas arboledas y ella me tomó de la mano y me dijo:

—¡Qué feliz soy! ¡Siento que nada me falta!

Al verme mirado con ojos de enamoramiento, me vino

una solemnidad insoportable, que duró varios días. Ella acabó diciéndome, cuando íbamos caminando por la calle, ya en México:

—¡Pero no te sientas obligado a casarte conmigo!

Le agradecí mucho esta frase y no volví a sentirme obligado y volví a ser su confidente.

Este episodio terminó aquí teóricamente; pero en realidad, dejó un sedimento que había de causar más complicaciones. Quedaron frases como "aquella noche", "si hubiéramos seguido hubiera pasado tal cosa", y en momentos de mal humor: "Te faltó pasión."

Esta era la situación cuando surgió el segundo viaje.

Yo tenía que ir a Veracruz a un asunto y un día, sin darme bien cuenta de lo que hacía, la invité. Ella aceptó inmediatamente. Al cabo de unos días, la desinvité.

—¿Por qué? —me preguntó ella, bastante molesta.

—Porque si vamos a Veracruz, estoy seguro de que no voy a resistir la tentación y voy a intentar "lo peor".

En realidad, lo que yo quería era no gastar.

—No te preocupes —me dijo ella—. Si no quieres que pase nada, no pasará nada. Te lo prometo.

Al ver que no quedaba más remedio, compré los boletos, dos camas de pullman y allí vamos. Durmió cada cual en su cama y muy de mañana nos arreglamos y nos bajamos del tren en La Antigua, que era donde tenía yo el asunto.

Al ver el estuario, ella dijo:

—¡A qué lugares tan bellos me traes!

Yo la tomé de la cintura y fuimos caminando hasta una casa, en donde almorzamos; después fuimos a arreglar el asunto famoso y para eso hubo que caminar diez kilómetros y a ella se le ampollaron los pies. Por último, nos desnudamos, de espaldas uno al otro, nos pusimos los trajes de baño y nos metimos en el río. Cuando estábamos bañándonos, ella me abrazó y me dijo:

—¡Lástima de que yo sea una mujer que tiene que vivir sola!

Yo no le contestaba cuando decía frases crípticas. Después, salimos del río, y de espaldas uno al otro, otra vez, nos quitamos los trajes de baño y nos pusimos la ropa seca. Regresamos a La Antigua, comimos y en la tarde tomamos el tren a Veracruz. Allí fue donde ocurrió lo siguiente:

Me llevó al hotel en donde había pasado la luna de miel con su primer marido. Pedimos dos habitaciones. El dueño nos miró como quien ve visiones.

—¿Dos habitaciones?

Nos las dio, pero quedamos completamente desprestigiados y bajo grave sospecha. A Julia le tocó la habitación en donde había pasado su luna de miel, que había sido abominable, según ella.

A mí me tocó un cuarto bastante feo, en donde me bañé y me arreglé para ir a cenar. Después fui al cuarto de ella. Toqué a la puerta y la oí decirme que entrara. Entré y vi a Julia, desnuda, claramente visible a través del vidrio esmerilado de la puerta del baño.

Acabó de bañarse y se secó tranquilamente, sin darse cuenta de que yo estaba viéndola.

—Mira para otro lado, que voy a salir desnuda —me ordenó.

Y miré para otro lado y ella salió desnuda y se vistió a mis espaldas. Después, fuimos a cenar en La Parroquia. Ella estaba cansada y tenía los pies ampollados, así que decidió irse a la cama temprano.

—Me acostaré y después tú vendrás un rato y platicaremos.

Regresamos al hotel y ella se acostó y yo fui a su cuarto y cuando me disponía a intentar "lo peor", ella me corrió de la cama e insistió en leerme una obra de Rosario Castellanos. Me levanté furioso y me fui a la calle a buscar prostitutas.

Después de este episodio, me entró el fervor religioso. Iba a misa todos los días y comulgaba y le pedía a Dios Nuestro Señor y a la Santísima Virgen que me dieran una compañera que fuera al mismo tiempo decente y cachonda.

Fue mi mojigatería lo que precipitó el telón del primer acto de este drama de costumbres literarias. La cosa fue así: una tarde, estábamos en el café de Filosofía y Letras, platicando, cuando me di cuenta de que ella, o, mejor dicho, su alma, "no estaba allí". ¿En dónde estaba? En una mesa que había al otro extremo del café, ocupada por uno de los filósofos jóvenes más brillantes de la última generación. Dicho joven tenía la boca abierta y estaba haciéndole ojitos a Julia. Julia, por su parte, estaba como si le hubieran metido una brasa por el culo: sonrosada, con los ojos chisporroteantes y una risa idiota. Durante años sentí náusea cada vez que recordé esta escena. Ahora me da risa.

Años después, Julia me contó que esa noche le dije: "Esto no te lo perdonaré nunca." No recuerdo haberlo dicho, pero si lo dije, lo dije bien, porque nunca se lo perdoné.

Uno o dos días más tarde, me agarró la religión más fuerte que nunca y fui al Club Vanguardias y compré boleto para unos Ejercicios de Encierro, de los que organizaba el Padre Pérez del Valle en una casa que tenían los jesuitas en Tlalpan.

Mientras tanto, pasada la traición, como si nada hubiera ocurrido, Julia y yo seguíamos yendo a clase, yendo al café, yendo a su casa, etc. Yo le dije que me iba a Ejercicios y ella no le dio importancia al asunto.

El caso es que un jueves, llegué a la escuela con mi maleta para irme a Tlalpan al salir de clase; dejé la maleta en la portería, entré en clase de Justino Fernández, que era la única que no tomaba con Julia, tomé la clase y esto es que al salir, me quedé paralizado en la puerta del salón, al contemplar la siguiente escena: Julia estaba parada en una de las escaleras que van del patio a la planta principal, recargada en el barandal, mirando hacia abajo. En ese momento, el joven filósofo, que era lo que Julia estaba mirando, cruzó el patio, llegó hasta la escalera, subió dos o tres peldaños, le tomó la mano a Julia, le dijo algo, ella hizo un signo afirmativo; el joven le besó la mano y se alejó. Yo llegué un poco después, como si no hubiera visto nada. Julia estaba muy cariñosa y me acompañó hasta la esquina en que tomé un camión que me llevó hasta el Zócalo. Yo iba temblando, como con calentura. El viaje del Zócalo a Tlalpan fue una pesadilla, lo hice en un camión de segunda, que iba repleto. Estaba en plena locura, porque no sabía por qué me sentía tan mal y creía que lo que tenía era temor de no llegar a tiempo a los ejercicios. Por fin llegué a Tlalpan, pregunté el camino, caminé unas cuadras, llegué ante una puerta, llamé, me abrió una monja y entré en la Casa de Ejercicios. En el momento en que puse un pie dentro, se me quitó la angustia. Me senté en una banca a esperar. No había llegado nadie.

Era octubre y hacía frío. A eso de las ocho empezaron a llegar los que iban a hacer el "retiro". Eran tres o cuatro jóvenes que no tenían ninguna característica definida, un señor de unos cuarenta años que tenía aspecto de gran pederasta y un hombre de pelo gris, ex jesuita. Llegó el Padre Pérez del Valle con dos de sus achichincles, dio gritos afónicos y repartió las habitaciones. Después, llegó el Padre que iba a dar los Ejercicios y cenamos.

El Padre era un santo varón. Había pasado varios años en la Tarahumara, tenía el estómago hecho pedazos y no podía comer más que verduras cocidas, decía que Balzac era "froidista" y en un momento de confianza entre él y yo, me dijo lo siguiente:

—Durante muchos años no podía yo resistir los Ejercicios, porque me enfermaba al tercero o cuarto día. Pero ya descubrí el secreto: cada vez que la distribución dice "Meditación", me duermo. Y mire, salgo de ellos tan campante.

Por si alguien lo ignora, conviene advertir que San Ignacio fue el que inventó el Lavado Cerebral y le puso por nombre Ejercicios Espirituales. Al cabo de tres días de estar metido en aquella casa, rezando en la capilla, oyendo las pláticas, paseando en el jardín y meditando en mi habitación, fui a ver al Padre y le dije que tenía una relación complicadísima con una mujer DIVORCIADA.

—Dale gracias a Dios que te ha iluminado —me dijo el Padre—. Este es un fruto muy hermoso de los Ejercicios de San Ignacio de Loyola—. Le expliqué que no hacíamos el amor; él me dijo—: tanto va el cántaro al agua...

—No puedo dejarla ahora, Padre; ella me necesita.

—Hazlo paulatinamente entonces. Consulta con tu confesor, fija una fecha para dejarla, y déjala.

Yo prometí dejarla al cabo de un año, pero sucedió que al día siguiente, lo primero que hice al llegar a la escuela, fue decirle a Julia que el Padre me había ordenado que la dejara. Ella se puso como una víbora, porque nunca se imaginó que yo fuera a mandarla al diablo.

Los siguientes quince días fueron los más humillantes de mi vida. Julia los pasó del brazo del joven filósofo, yendo para arriba y para abajo, hasta que no hubo Cristo que no supiera que ya no andaba conmigo, sino con otro. Esto fue en época de exámenes; después vinieron las vacaciones y en diciembre Julia se casó con el filósofo.

Me gustaría poder contar que fui muy valiente y que soporté imperturbable la gran aventura romántica de Julia. Nada de eso. En una ocasión le dije: "Pero, Julia, yo no quisiera que esto terminara así"; en otra, nomás por conservar las apariencias en clase de Panchito Monterde, le pregunté: "¿Y cómo está el niño?" Y en otra, que fue la más ridícula, me la encontré en la salida de la biblioteca y ella se rió y yo me reí y ella me dijo:

—¡Hemos sido tan buenos amigos...!

La acompañé a dar una vuelta por Santa María la Ribera, a la hora del crepúsculo y ella me contó la historia de su gran amor, salpicada de frases como "él es muy apasionado...", "está muy enamorado de mí...", "no pasa día sin que me proponga matrimonio..." y terminó diciendo:

—¡Es tan raro ver un amor tan grande! ¡Es tan raro, pero es tan bello! ¿No te parece bello este amor que estoy viviendo?

Han pasado trece años pero todavía me acuerdo que cuando ella dijo esta frase, yo estaba comiéndome un sandwich con aguacate, que me supo muy mal.

84

La siguiente vez que la vi, estaba ya casada, embarazada y creo que tejiendo unos zapatitos. El marido se había ido de viaje, pero de todos modos ella estaba feliz, haciendo planes para el futuro.

—Viviremos en la Riviera —me dijo, los padres del filósofo estaban nadando en pesos.

Lo que más me avergüenza de este episodio es haber sido tan magnánimo, porque fue entonces cuando debí golpearla hasta hacerla abortar. Pero nada, le di el medio kilo de chocolates que le llevaba y me fui muy triste, por las calles oscuras, y cuando me detuve para orinar frente a un árbol, casi lloré.

Pero me esperaban ratos de gran regocijo. La siguiente vez que la vi tenía tres meses de embarazo y hacía dos que el marido no le escribía. Estábamos sentados en las escaleras de Filosofía y Letras. Era ya de noche.

—Me siento abandonada —me dijo.

La noche, la Escuela, los naranjos estériles que había en el patio, todo me pareció más bello, pero lo oculté.

—¡Cuánto lo siento! —le dije.

Y volví a ser su confidente.

Cuando el marido regresó del viaje ocurrieron cosas todavía mejores; lo primero que ella le dijo fue lo que ya me había dicho a mí y lo que hubiera podido decirle al mundo entero, si el mundo la hubiera escuchado:

—No necesito de ti.

Y el marido, desconcertado, cogió sus maletas y se fue a vivir en un hotel.

Mientras tanto, ella alquiló una casa nueva y la decoró con ayuda de un servidor.

—Los libros de Papá, los quiero allí, y el sillón, acá —me decía ella.

Y yo ponía los libros allí y el sillón acá. No había mucho que acomodar, porque la sobriedad de Julia era casi sórdida.

Después, se reconcilió con el marido, pero no se fueron a vivir en la Riviera, sino que él vino a vivir en la casa que acabábamos de decorar. Ella lo mantenía, porque él no había avisado a sus padres que se había casado y no le habían aumentado su mesada. Yo seguía siendo el brazo derecho de ella.

—Necesito algo que sólo un hombre fuerte puede hacer —me dijo un día. Y me mandó con una chamarra de gamuza blanca, a que se la tiñeran de azul.

En otra ocasión, me mandó a poner un telegrama que decía: "Reserven una habitación con cama matrimonial punto con vista al mar punto para dos personas punto."

En la escuela no se me separaba y como la panza le seguía creciendo, la gente empezó a sospechar que yo era el padre de la criatura. Volví a sentirme como San José.

—Mi marido no quiere presentarme a sus amigos —me decía.

—No sé por qué dejaste que me casara con él —me dijo Julia una vez—. Le hubieras dado un puñetazo y se hubiera muerto del susto.

Pero a mí no se me ocurrió nunca arreglar la cosa a puñetazos. De cualquier manera, empecé a sentir que me habían despojado de algo que me pertenecía y escribí una obra que se llama *La lucha con el ángel* en la que a uno de los personajes lo despojan de algo que le pertenece.

Pero el parto vino a componerlo todo, o casi todo. Ella dio a luz un rollizo bebé y él no pudo seguir ignorándola y acabó presentándola a sus amigos y avisando a sus padres que no sólo estaba casado, sino que ya tenía descendencia. El resultado de este último acto no fue el esperado, porque no se fueron a vivir en la Riviera, sino que siguieron en la misma casa.

Las relaciones no eran muy buenas.

—Hago sopa *Campbell's* todos los días y él es tan bruto que no se da cuenta —me dijo Julia.

Pero el día que fui a comer con ellos, nos sentamos a la mesa y cuando Julia fue a traer la comida, el marido me dijo:

—Nos va a dar sopa *Campbell's*, pero no le diga que sabe lo que es.

Ella se quejaba bastante:

—Sale con sus amigos y se come un filete, que cuesta un dineral.

O bien:

—Duerme hasta las doce del día y las moscas se le paran en la cara.

Mientras esto le pasaba a Julia, a mí me ocurrían cosas aún más extrañas. Una noche, en el café de Insurgentes, se las conté.

—Creo que me voy a ir de Padre —le dije.

Ella se puso lívida. Yo seguí:

—Ayer, durante la Comunión, vi en la Hostia Consagrada a Dios Nuestro Señor que me decía: "Sé Mío."

Ella estaba furiosa, porque su padre había sido librepensador y ella también lo era, pero no discutió, ni dijo que todo eso le pareciera una tontería.

Cuando salimos del café, estaba lloviendo y tuvimos que guarecernos, y, mientras nos guarecíamos, ella lloró y mientras más lloraba ella, más triunfante me sentía.

Pero pasó el tiempo y no me fui de cura, sino que me volví escritor y empecé a enamorarme de Julia. Sí, a enamorarme, es decir, a pensar todo el tiempo en acostarme con ella y no de vez en cuando. Nos veíamos todos los días y pasábamos muchas horas juntos. El marido nunca estaba en la casa. Una noche que ella estaba cocinando unos filetes, poco faltó para que hiciéramos el amor en la cocina:

—¿Nos habrá oído el niño? —preguntó ella.

Y yo me fui de la casa, con un nudo en la conciencia y sin haber despachado el asunto. Ella me reclamó al día siguiente:

—Eres capaz de cualquier cosa. Me dejas entumida y te vas.

Yo me ofendía, pero el *affaire* había sido tan complicado que ya hasta me sentía impotente.

Como estaba casada con filósofo, Julia se volvió muy inteligente y mientras subían mis bonos sexuales, intelectualmente me hundí.

—Dicen los tratadistas... —dijo una vez. Y otra: Es que cuando digo "realismo", estoy usando el término en un sentido más amplio.

En unas reuniones de escritores, a las que asistíamos cada semana, Jorge Portilla, que en paz descanse, leyó un capítulo de la *Fenomenología del relajo* y luego me preguntaron qué opinaba.

—No entiendo bien —dije.

—Bueno, pero eso ya no es culpa mía —dijo Portilla.

—Pues sí es, porque no entiendo porque está mal escrito.

En esto tenía yo mucha razón. La prueba es que Portilla leyó el mismo capítulo tres veces y todos creyeron que eran tres capítulos diferentes. Pero Julia no lo consideraba así.

—Te has puesto en evidencia —me decía—; ahora todos dicen que eres tonto.

—Que digan lo que quieran. A mí no me importa —decía yo.

—A mí tampoco me importaría, si no fueras mi amigo y no tuviera que defenderte.

Era una lata, porque no podía uno abrir la boca con tranquilidad entre tanta lumbrera.

En otra ocasión, en la misma reunión de escritores, se nos presentaron unos individuos que decían que iban a publicar una revista tan buena como el *Vogue* y querían colaboraciones. Todos estuvieron de acuerdo en colaborar. Todos, menos yo.

—¿Cuánto van a pagarnos? —les pregunté.

—Nada —me contestaron.

Yo dije que me parecía ridículo que estuvieran pensando en pagar tanto en papel, tanto en impresión, tanto en distribución... Mi argumento quedó interrumpido por Julia que me dijo en voz baja y entre dientes:

—Estás portándote como un cretino.

Los de la revista se fueron convencidos de que íbamos a colaborar gratis. Pero no fue así: gracias a Julia, que quince días más tarde llegó y dijo:

—He sabido que el número I de la Revista X va a estar dedicado a Batista.

—*Who is Batista?* —preguntó la señora Shedd.

—*A Latin-American despot* —le explicó alguien.

Y ya nadie colaboró en la revista aquella. Pero yo volví a quedar mal, porque todos dijeron que yo no tenía ideales y que si nos hubieran pagado no hubiera vacilado en colaborar en una publicación capaz de dedicarle un número a Batista.

Así andaban las cosas cuando vino el tercer viaje, que iba a ser el Waterloo de nuestros amores.

No importa quién dio las becas, ni cómo las conseguimos; lo que importa es que cuando querían mandarme a Calcuta, Ill., y a ella a Nueva York, ella me dijo:

—Sin ti no voy a ninguna parte.

Y arreglamos, con muchos trabajos y dando mucho qué decir, que también me mandaran a Nueva York. Como yo tenía que irme dos meses antes, tuvimos una despedida bastante operática detrás de una puerta.

Llegué a Nueva York a mediados de agosto; había una temperatura de 98°F. Por las noches, en un cuarto de hotel, me sentaba desnudo frente a una mesa y le escribía a Julia cartas románticas que empezaban: "Quisiera ser marinero..." Después, me levantaba de la silla y me sentaba frente a la ventana abierta a mirar a las tres muchachas que vivían en la casa de enfrente, que iban de un lado a otro sin más ropa que pantaletas transparentes; una vez, vi que una de ellas se rascaba el sexo mientras hablaba por teléfono. Junto a ellas y sin poder verlas, vivía un señor de pelo lamido, anteojos de concha y bigotes de morsa, que se pasaba las horas muertas observándome a mí. Abajo de este hombre vivía un matrimonio del que, por las leyes de la Óptica, no alcancé a ver más que de la cintura para abajo.

"Quisiera ver lo que tú ves", me decía Julia en una de sus cartas, "oír lo que tú oyes, sentir lo que tú sientes..."

Me daba la gran vida, me levantaba muy temprano y me salía a la calle y entraba en donde me daba la gana y salía cuando me daba la gana. En septiembre llegó una carta de Julia con direcciones muy concretas. Pensaba vivir en la Casa Internacional de la Universidad de Columbia, así que había que hacer reservaciones. Pues fui a la Casa Internacional, reservé dos habitaciones, una para inmediatamente, la otra para la fecha en que se suponía que llegaría Julia, pagué por adelantado varios meses de alquiler, y al poco rato llegué con mis maletas a instalarme. Me llevaron a una habitación del octavo piso que tenía vista al río. No me daba todavía cuenta de que había caído en una trampa. La Casa Internacional tiene dos secciones perfectamente aisladas; en una viven los hombres y en la otra las mujeres. Así que si quiere uno hacer el amor, tiene que hacerlo con personas de su propio sexo, detrás de los buzones o en las escaleras de emergencia.

Este descubrimiento me desconcertó mucho, pero más me desconcertó la siguiente carta de Julia. "No quiero faltarle a mi marido..." decía.

Por fin llegó el día en que había de llegar Julia. Me puse el traje azul que acababa de comprar y fui al aeropuerto.

"Se va a rodar en la escalera al bajar del avión", pensaba yo.

Alquilé unos catalejos para verla rodar por la escalera, pero el avión aterrizó en otro lado y no vi nada. Bajé a los salones de la Aduana y debajo de su inicial la vi. Estaba completamente transformada. Muy bien vestida, con un traje gris que nunca le había visto, tenía el cutis estupendo y los ojos relampagueantes; estaba muy segura de sí misma. Cuando ella salía con su maleta, entré en la Aduana y nos dimos tal beso, que la gente se hizo a un lado para que pudiéramos besarnos mejor.

Fuimos a la Casa Internacional, ella se instaló, cenamos juntos, fuimos a que ella comprara pasta de dientes, etc., y después, a dar un paseo por Riverside Drive. Entonces me hizo varias revelaciones:

—En México se dice que somos amantes.

—¡Qué infamia!

—Pero hay quien opina que tú eres homosexual.

No me hizo ninguna gracia. Después me contó tres o

cuatro historias que no eran agradables. "Tu obra fue rechazada en tal parte y la mía aceptada", "Don Julio Jiménez Rueda no te quiere nada...", etcétera.

Con la llegada de Julia se acabaron mi movilidad, mi libertad y mi tranquilidad. Ella tenía la costumbre de decir que se levantaba a las seis de la mañana y que escribía sus obras de siete a diez; el caso es que en Nueva York no escribió una letra y nunca la vi bajar antes de las diez de la mañana. Yo me pasaba una hora antes de cada comida sentado en un sofá del lobby. A tal grado, que un negro, que era amigo mío, se me acercó un día y me dijo:

—Lo hacen esperar mucho.

El dolor que me causó esta observación fue desproporcionado, porque lo tomé en sentido metafórico.

En los primeros días ocurrieron cosas que me hicieron concebir esperanzas, porque a estas fechas ya estaba yo, por fin, decidido a irme al infierno por hacer el amor con una mujer casada (dos veces). Pero de buenas a primeras, me dijo:

—Esto no puede seguir así.

Y desde entonces, cada vez que le ponía una mano encima, me la quitaba. Cuando vi que aquello no llevaba buen camino, me arrepentí de mis pecados, fui a San Patricio y me confesé con un padre que estaba en un confesionario que decía "Confesiones en Español".

—He deseado a una mujer casada —dije.

—No es muy serio —me dijo el padre—. Tres Aves Marías.

Mientras tanto, ella, de tanto estar sentada en la cafetería de la Casa Internacional, fue creando a su alrededor un círculo, formado por un joto colombiano, un decorador argentino, un imbécil chiapaneco, un ex seminarista, un vagabundo y un bailarín españoles, un negro chileno, un economista irlandés y tres trabajadoras sociales de diferentes partes del Caribe. Era una huésped sumamente estricta; por ejemplo, rechazó del círculo a un joven mexicano que había sido compañero mío de los Boy Scouts, a un colombiano economista que había tenido una larga conversación conmigo, a la novia de éste, que era una americana desabrida ("si ésa se para en una esquina", dijo Julia, "le proponen matrimonio"), y a un escritor filipino que había hecho amistad conmigo. Por otra parte, cuando se le pegaba algún monstruo, venía corriendo conmigo.

—¡Quítamelo, que no hallo qué hacer con él! —me decía.

Y había que hacerle la conversación al monstruo mientras Julia ponía su recato a salvo.

Su tienda favorita era Macy's pero un día sacó sus ahorros y me dijo:

—Llévame a Greenwich Village, porque quiero comprar un suéter.

Y fuimos a Greenwich y después de ver varias tiendas entró en una que estaba en un sótano y salió con un paquete. Regresamos a la Casa Internacional, yo fui a la cafetería y ella fue a su cuarto y al rato apareció con el suéter famoso, que era color mandarina, tenía cuello de tortuga y le sentaba como una piedra.

—Te queda muy bien —le dije, con una sonrisa helada.

Se sentía incómoda.

Después llegaron otros miembros del "círculo" y le dijeron lo mismo, que le quedaba muy bien.

Al día siguiente, cuando bajó a desayunar, me dijo:

—Necesito que hagas algo que sólo un hombre fuerte puede hacer.

Había que ir a Greenwich a cambiar el suéter por otro. Ella no podía hacerlo porque le daba vergüenza.

—Pero tienes que ir tú, para probarte y para escoger el suéter nuevo —le dije, con mucha razón, como se verá después.

—El que tú escojas estará bien —dijo ella.

—¿Qué número usas?

—Cuarenta.

Me pareció muy raro, pero ella me enseñó el suéter rojo y efectivamente, tenía un número 40, así que fui a la tienda que estaba en el sótano, les expliqué a las dueñas que mi esposa había comprado un suéter que a mí no me gustaba y ellas no tuvieron inconveniente en que yo escogiera uno negro con el cuello en forma de V; me cercioré de que fuera del 40 y regresé a la Casa Internacional. Esa noche, Julia apareció con el nuevo suéter. Le llegaba a las rodillas y le sobraban veinte centímetros de mangas.

—Te lo regalo —me dijo.

Pero no lo quise, porque era de mujer. Después se lo regaló a un amigo suyo a quien también le quedaba grande.

Julia era bastante sana, pero hipocondriaca, estaba segura de que iba a darle un síncope de un momento a otro. Yo también estaba seguro de eso. Esta seguridad produjo dos incidentes lamentables. El primero ocurrió una noche, en que quedamos de vernos a las ocho en el lobby. Entre ocho y nueve y media, llamé catorce veces a su habitación y cuando ya la hacía muerta y cubierta de moscas, apareció muy campante. Había estado en el cuarto de una de las trabajadoras sociales.

—Vamos a algún lado a bailar —me dijo.

Yo tenía la boca amarga.

—No quiero bailar.

—¡Ay, qué chípil estás! —me dijo y tuvimos un gran pleito.

El otro incidente empezó en la peluquería. Yo iba a una peluquería en donde había dos peluqueros viejos, uno italiano y el otro austriaco; ambos habían estado en el Caporetto y se odiaban. Por fin, el italiano, que era el dueño, pudo más y despidió al austriaco, que fue sustituido por un siciliano recién desembarcado. Pues esto es que llego a la peluquería, me pela el siciliano, que en su vida había cogido unas tijeras y me deja como Lawrence Olivier en *Hamlet*.

—¿No quiere que lo empareje? —me preguntó el italiano viejo, que veía perdido un cliente.

—Así déjelo —le dije y regresé desconsolado a la Casa Internacional.

93

Era hora de almorzar. Llamé a Julia a su cuarto y no contestó, la busqué en el cuarto de juegos y no estaba, la busqué en el de música y no estaba, la busqué en los teléfonos y no estaba. Esperé media hora y volví a llamar y no me contestó. Esperé otra media hora; misma operación, mismo resultado. Desesperado, bajé a la cafetería, ¿y qué es lo primero que veo? Nada menos que a Julia, sentada en una mesa con el joto colombiano, que en esos momentos estaba declarándole su amor.

"Yo a éste, lo mato", dije para mis adentros. Afortunadamente no cumplí esta amenaza, porque hubiera sido bastante ridículo. En vez de eso, me acerqué con toda solemnidad a la mesa.

—Julia, necesito hablar contigo muy seriamente —le dije.

Ella me miraba con la boca abierta. No me reconocía con mi nuevo peinado. El colombiano se levantó discretamente y se fue. Julia y yo salimos al vestíbulo. Yo iba diciéndole:

—Tengo una hora buscándote... Llamé a tu cuarto... Creía que habías tenido un síncope... —y terminé con un fervorín—: Piensa que si me preocupo por ti, si te busco, si te llamo, es porque te quiero.

En vez de contestar algo sensato, algo adecuado a esta declaración de principios, ella me preguntó.

—¿Qué te pasó en la cabeza?

Me sentí completamente imbécil:

—Fui a la peluquería —contesté.

Ella soltó una carcajada que todavía me retumba en las entrañas.

Esa misma tarde fui otra vez a San Patricio, me equivoqué de padre, me confesé con uno americano y le dije:

—He deseado a una mujer casada.

Me regañó como si nunca hubiera sabido de un hombre que deseara a una mujer casada.

—No puedo darle la absolución si no me promete... —no recuerdo qué fue lo que tuve que prometerle para salir de allí absuelto.

Pero mis relaciones con Julia iban de mal en peor. Cada vez que me veía con la cabeza trasquilada, se reía de mí. La descompostura duró un mes.

Un día, no sé por qué causa, decidimos comer bien. Yo me detuve frente a un restaurante ruso y me puse a leer el menú que estaba en la puerta.

—"*Boeuf Strogonoff...*"

—¿Pero, estás loco? ¿Cómo vas a entrar en un lugar en donde no sabes ni lo que vas a pedir? —Me dijo Julia, de muy mal humor.

Fuimos a *Lobster House* y cuando me disponía a entrar, Julia me dijo:

—Mejor vamos allí.

Y fuimos a un restaurante de gente pobre que decía "*Good eats*".

Cuando yo estaba dándole la segunda cucharada a una sopita de pollo, Julia me dijo, con toda seriedad:

—Tú tienes facilidad para escribir, pero no tienes vocación. Yo sí tengo vocación.

Se refería a nuestra profesión de escritores. Luego me dijo:

—Tú eres un buen hombre. Lo que se llama "un buen hombre".

Se refería a mi situación moral.

Compró un sombrero y los domingos íbamos a misa juntos. Decía que quería convertirse. Era un engorro, porque las misas americanas son muy malas. Piden limosna todo el tiempo y lo regañan a uno si da menos de veinticinco centavos.

Julia empezó a darme a leer las obras de Ed Hole, que era un americano que ella había conocido en México antes de salir. También me leyó una carta de su marido, en la que decía "Los labios de Fulana (una de las grandes putas aficionadas que abundan en nuestros círculos intelectuales) me rozaron furtivamente..." Julia casi lloraba:

—¿Por qué me dice esto? —decía, como si ella nunca

95

hubiera contado una mentira. El caso es que la situación empezó a ser muy cargante. Hasta que explotó en una función de la Comédie Française.

Fuimos a ver *Le Bourgeois Gentilhomme* y cuando estábamos entrando en el teatro me dijo:

—Participé en tal concurso, porque sabía que no había ningún concursante de peligro.

Me quedé helado, porque yo había sido uno de los concursantes inofensivos. Julia había ganado el premio con una obra muy mala, en consideración a sus méritos y a su sexo. No dije nada, pero me puse de un humor de todos los diablos.

Cuando ya estábamos sentados, leyendo los programas, ella me dio la oportunidad de darle un palo. Me dijo:

—Hoy tuve un desvanecimiento, ayer, un vértigo, antier, jaqueca, mañana me toca cólico. Debo tener la presión baja.

—¿Y a mí, qué? —le dije.

Me miró horrorizada por mi indiferencia ante el dolor humano. No volvimos a hablar en el teatro. A la salida, compré un periódico para protegerme durante el viaje a la Casa Internacional. Tomamos el subway y yo me senté y me puse a leer y ella se sentó y se quedó callada. Debo confesar que empezaba a tener miedo, porque Julia, igual que las heroínas de sus obras, era capaz de odiar en silencio durante días enteros; yo, en cambio, soy capaz de pedir perdón de lo que sea y cuanto antes. Pues iba yo leyendo, digo, y pensando que iba a tener que pedirle perdón, cuando decidí echarle una miradita con el rabo del ojo para ver qué cara tenía. Me quedé estupefacto. Estaba igual que cuando conquistó a su marido en el café de la Escuela de Filosofía y Letras: sonrosada, relampagueante, sonriente. Con mucho cuidado, bajé un poco el periódico y miré al asiento de enfrente, para ver a quién estaba mirando Julia. Me quedé más estupefacto todavía. ¡En el asiento de enfrente no había nadie! Julia estaba mirándose a sí misma en el cristal de la ventanilla.

Al llegar a la calle 120, Julia se levantó de su asiento

sin decir nada y fue hasta la puerta. La seguí doblando el periódico y nos apeamos en la 126. Bajamos las escaleras de la estación y echamos a andar hacia la Casa Internacional, en silencio y sin tomarnos del brazo. Yo iba pensando cómo terminar el episodio de nuestro pleito silencioso, cuando, al doblar una esquina oímos, casi al unísono, un golpe sordo y un grito de mujer. Julia y yo nos tomamos del brazo, de tan asustados que estábamos. A una cuadra de distancia y precisamente en la mitad de nuestro camino hacia la Casa Internacional había un grupo compuesto por un hombre que estaba envolviéndose una mano en un pañuelo, otro que estaba en jarras y una mujer que estaba recargada en el quicio de una puerta. Ellos eran negros, y ella blanca. Al vernos venir, suspendieron la violenta discusión que tenían. Yo no me atreví a poner a Julia del lado de la calle y a pasar entre el grupo y ella, porque hubiera sido un acto demasiado violento, aparte de inútil y preferí seguir de frente y pasar de largo. Pues pasamos junto a ellos y seguimos adelante y a los veinte pasos que dimos, volvió a empezar la discusión. Yo estaba decidido a seguir de frente, porque no tenía intenciones de ponerme a golpes con dos negros para defender, no una, sino dos mujeres; pero nada, Julia, que como suele pasarles a las de su sexo, se sintió muy valiente, se detuvo y se volvió hacia donde estaba el grupo. A mí no me quedó más remedio que hacer lo mismo. Fue una medida muy afortunada, porque la discusión volvió a suspenderse y al no movernos nosotros, la mujer se atrevió a salir del quicio de la puerta y a echar a andar hacia donde estábamos. Los negros la insultaron y nos insultaron, pero no se atrevieron a moverse. A unos cuantos pasos de nosotros, la mujer entró en una casa y cerró la puerta; nosotros seguimos nuestro camino hacia la Casa Internacional y los negros siguieron insultándonos. Al llegar al vestíbulo de la Casa Internacional, Julia sacó de su bolso las dos muñequitas japonesas que yo había comprado y que le había dado a guardar y me dijo:

—No me hables mañana. Espero no verte en todo el día.

Creo que tanto a ti como a mí nos hacen buena falta unas vacaciones.

Yo respondí con una frase que usé frecuentemente en mi relación con Julia:

—Te aseguro, Julia, que lo siento muchísimo.

Y se fue cada uno por su lado. Ella al departamento de mujeres y yo al de hombres.

Esa noche mi sueño fue amargo, pero profundo, y al día siguiente hice un plan para pasarlo sin Julia. Recordé que ella no tenía dinero y decidí, con gran magnanimidad, dejarle cinco dólares en su buzón. Estaba peinándome cuando tocó el timbre que anunciaba que me llamaban por teléfono. Corrí a la cabina. Era Julia.

—Quiero pedirte perdón, porque he sido muy injusta.

Le dije que no había de qué pedir perdón; me sentía feliz. Cambié mis planes y pasamos el día juntos. Al cabo de un rato comprendí que a pesar de lo que me había dicho por teléfono, no se sentía injusta, sino víctima de un neurasténico.

—No quiero que hablemos más del asunto —me dijo, cuando quise hablar del pleito que habíamos tenido.

Al día siguiente arreglé que la organización que me había dado la beca me mandara a Calcuta, Ill.

—¿Y vas a dejarme aquí sola? —me preguntó Julia cuando supo esta decisión.

Me sentí muy culpable y los días que precedieron a mi partida fueron muy tiernos.

—Sabes por qué me voy, ¿no? —le pregunté la víspera de irme.

—Porque eres hombre y te gusta conocer cosas.

—Eso es —le dije. Pero yo mismo no sabía bien por qué me iba.

No me daba cuenta de que éste era, en realidad, *The end of the affaire*. Habíamos hecho todo, menos el amor, y todo había salido mal, y si hubiéramos hecho el amor, también hubiera salido mal. Había llegado el momento de liar el petate.

Y me fui. Pero todo fue salir de Nueva York para no

pensar más que en Julia. En cada estación le mandaba una tarjeta diciéndole que la extrañaba. En Calcuta encontré tres cartas muy cariñosas.

Así seguimos, escribiéndonos muy seguido, hasta que un viernes, recogí una carta suya en el Correo y la llevé sin abrir a la cafetería donde acostumbraba cenar. Pedí una chuleta de ternera. Quería celebrar la carta de Julia con un pecado mortal, porque era día de vigilia. ¡Cuál no sería mi sorpresa, cuando abrí la carta y leí, entre otras cosas: "No pienso seguirte en tu próxima aventura espiritual... estoy harta... no quiero saber más de ti... eres un advenedizo... tus cuentos son muy malos... tus clases son pésimas..."!

Le escribí una carta que era un verdadero tango: "...yo, que fui tan sincero... nunca te di motivo... no me explico tu actitud..."

Fui a la iglesia y me confesé:

—Acúsome Padre de que comí carne en día de vigilia.

Los siguientes tres días fueron un monólogo constante, ya estuviera yo caminando por los bosques o recostado en mi cama. Empecé diciendo "No entiendo, Julia, qué quieres decir con eso de advenedizo"; y acabé diciendo: "¿Advenedizo yo? Advenediza tu chingada madre." Pasada esta frase, salí a la calle, compré un suéter y varias camisas y me olvidé de Julia y de la religión. No he vuelto a verla, ni a confesarme.

CONVERSACIONES CON BLOOMSBURY

—¿Quién era Bloomsbury? —preguntó la pintora a un señor que según las malas lenguas es agente de la CIA—. ¿Qué hacía Bloomsbury en México? ¿Es cierto que era agente de la CIA?

—¿Por qué me pregunta usted eso?

—Porque usted es agente de la CIA y debe estar enterado.

—Mire —dijo él con mucha calma—: supongo que la CIA escoge a sus agentes entre personas que son lo bastante discretas para ocultar que son agentes de la CIA. Es decir, que si yo fuera agente de la CIA, nunca le diría a usted que lo era. Ahora bien, como no lo soy, le diré a usted exactamente lo mismo: que no lo soy. Si yo le dijera a usted que Bloomsbury era agente de la CIA o que no lo era, estaría revelándome como agente de la CIA, lo cual estaría en contra de la discreción que debe guardar un agente de la CIA. Por otra parte, como no soy agente de la CIA, no sé si Bloomsbury era agente de la CIA o si no lo era...

—¡Más claro que el agua! —me dijo la pintora cuando nos separamos del presunto agente de la CIA—. Bloomsbury era agente de la CIA.

—¿Por qué?

—Porque este hombre se vendió cuando dijo que los agentes de la CIA son personas discretas. Todos sabemos que son una sarta de imbéciles. Por otra parte, si éste es agente de la CIA y Bloomsbury no lo fuera, éste hubiera dicho que sí lo era, porque es lo que dice de Bloomsbury todo México. Pero son compañeros y éste tiene que conservar el secreto del otro; por eso se metió en el razonamiento ese de "si lo fuera pero como no soy..."

Esto fue hace un año. A Bloomsbury lo conocí hace casi tres años y ya empezaba a ser sospechoso. Hace un mes recibí carta suya que terminaba con "¡No soy agente de la CIA!", frase que, como ya hemos visto, es típica de los agentes de la CIA. Así que el problema es viejo y no ha sido resuelto. Pero como elucubrando no se llega a ninguna parte, voy a tratar de recordar mis conversaciones con Bloomsbury y de describirlas, para que cada quien saque sus conclusiones.

Una noche, en la primavera de 1963, llegó Pepe Romanoff a mi casa, con la noticia de que Herminio Rendón, el conocido teatrólogo y filatelista, quería presentarme a (mucha atención) un *editor inglés* que había leído mis obras y estaba ansioso por conocerme. Pasé por alto lo insólito de que alguien quisiera conocerme y planeamos allí una comida de *rizzotto* con trufas y flan de postre.

Por mi mente pasó la imagen de una especie de T.S. Eliot comiendo *rizzotto* en el comedor de mi casa.

Sin embargo, las cosas salieron de otro modo, porque Herminio Rendón tenía una comida muy importante el día en cuestión y prefirió llegar con el editor inglés a eso de las cinco de la tarde. Sustituí el *rizzotto* y el flan por cien gramos de queso Roquefort y una latita de *paté de foie gras* y compré un par de botellas. Sabía que la entrevista iba a ser un fracaso.

A las cinco en punto de aquella tarde se presentaron a mi puerta Herminio Rendón y el joven Cudurié, vestidos a la inglesa y con sendas botellas de Bacardí en la mano, Joan Telefunken, la joven escenógrafa y Bloomsbury, que por cierto no tenía nada de T.S. Eliot. Era demasiado joven para ser editor y demasiado bien parecido para inspirar confianza; rubicundo, con ojos muy claros, que miraban de frente con una expresión bastante equívoca, que en aquel momento me pareció que quería decir: *"Go ahead, baby!"*. En vez del traje gris Oxford y del hongo que yo esperaba, llevaba una chaqueta de gamuza bastante usada, una camisa chodrón, creo que floreada, pantalones arrugados y zapatos de *tennis*. Llevaba una pipa en la boca y libros en la mano.

Herminio, al hacer las presentaciones, dijo:

—Quiero presentarte al señor. . . —no dijo el nombre—, a quien Joan y yo hemos iniciado en la lectura de tus obras —por mi mente pasó la imagen de Herminio Rendón y Joan Telefunken "iniciando" a aquel señor en la lectura de mis obras—. Tiene mucho interés en conocerte.

—Encantado —dijo Bloomsbury entre dientes, porque estaba mordiendo la pipa, y me estrechó la mano.

Acto seguido, Herminio, Joan Telefunken, el joven Cudurié y yo, entramos en la cocina a preparar las copas. Bloomsbury se quedó en la sala mirando los muebles.

—¿Quién es este tipo? —le pregunté a Herminio.

—Un director de teatro.

—¿No que era editor?

Pero él no me contestó, porque en esos momentos fue a saludar a mi tía que acababa de entrar.

Me acerqué a Joan Telefunken.

—¿Quién es este tipo?

—No tengo idea.

—¿Qué hace?

—Tampoco sé.

—¿Por qué andas con él, entonces?

—Porque soy su secretaria. Lo conocí porque él buscaba casa y yo tengo una agencia de bienes raíces. Él me propuso que fuera su secretaria y yo acepté.

Fui a donde estaba Bloomsbury.

—¿Qué toma usted? —le pregunté.

—No bebo —me contestó.

Me quedé helado. Y de veras, no bebía. Ése era uno de sus peores defectos.

Nos sentamos en el jardín y tuvimos una conversación grotesca. Herminio Rendón habló mal de dos o tres personas que nadie conocía y mi madre y mi tía hablaron con Joan Telefunken de "las Telefunken", que eran tías abuelas de ésta última y que habían sido amigas de las primeras, allá en tiempos de don Porfirio. Le pregunté a Bloomsbury que cuáles eran las obras mías que había leído y me dijo que ninguna.

Aquí intervino mi tía y habló de la Rue de la Paix y del viaje a Europa que hizo la familia en 1907. El joven Cudurié, afortunadamente, nunca abrió la boca.

Traté de aclarar aquella confusión y no tardé en descubrir que Bloomsbury no era ni editor, ni director de teatro, ni inglés, sino escritor y americano. ¿Que cómo lo descubrí? Porque él me lo dijo. Tan campante. Como si nunca hubiera dicho otra cosa. Por otra parte, daba la impresión de querer echarse atrás, porque hizo dos *non sequitur* que me parecieron de lo más elocuentes. Cuando yo le dije:

—Yo creía que usted era inglés.

Él contestó:

—Bueno... mi mujer es inglesa.

Y cuando mi madre le dijo:

—Me recuerda usted mucho a un amigo nuestro, que es veneciano.

Él contestó:

—Mi hijo mayor nació en Venecia.

"Es un impostor", dije para mis adentros.

A todo esto llegó Pepe Romanoff, que venía de una subasta, porque de eso vive: de hacer subastas. Bloomsbury se interesó mucho en lo de las subastas y apuntó el lugar y las fechas en que se hacían. Mientras él escribía en su libreta, yo pensaba: "Si no tienes dinero para comprar zapatos, ¿vas a tenerlo para andar en subastas?" Esto lo dije, no porque esté en contra de los zapatos de *tennis*, sino precisamente por lo contrario: yo uso alpargatas y no tengo dinero para andar en subastas.

—Necesito muebles —dijo Bloomsbury—, porque los míos se quedaron en el Brasil.

"Que te crea tu madre", pensé y decidí no sacar ni el *paté de foie gras*, ni el queso Roquefort.

Para torpedear la reunión, guardé ese silencio especial que en la boca del anfitrión quiere decir: "Ya váyanse."

Herminio Rendón entendió el pie y lo tomó. Me dijo, como dueña de burdel de pueblo:

—Pues enséñale al señor tus obras, que no las ha leído.

Subimos a mi cuarto Bloomsbury y yo. Yo venía pensando: "¿Para qué querrá mis obras este impostor? Pero, ¿qué pierdo con enseñárselas?"

Mientras yo sacaba mis manuscritos, Bloomsbury echó un vistazo a la habitación y me preguntó en su excelente español:

—¿Conoces la revista *Encounter*?

Mientras yo le contestaba que sí, sin alzar la vista, estaba pensando que la pregunta era idiota, porque en mi cuarto hay un altero de *Encounters*.

—Yo soy corresponsal de *Encounter* —me dijo.

No le creí. No le creí como no había creído que tuviera dinero para ir a subastas, o que tuviera muebles en el Brasil. Hablaba tan bien el español que empezaba a dudar que fuera americano y estaba casi seguro de que no era escritor. Tomó una hoja de papel y escribió: "Bloomsbury, calle Camelia Nº 9, San Ángel." No le creí ni que así se llamara, ni que viviera en esa dirección.

Antes de salir de mi cuarto, le pregunté bastante estúpidamente, lo reconozco, si quería pasar al baño. Pero se lo pregunté en francés. Pues resultó que él hablaba mucho mejor el francés que yo y me contestó algo que evidentemente era muy gracioso, porque él se reía a carcajadas, pero que yo no entendí. Como no me atreví a decir que no entendía, tuve que quedarme riendo de algo que no sabía si era un insulto o una "proposición indecorosa", que con mi risa estaba yo aceptando tácitamente. Esto me puso de un humor negro.

Cuando se marcharon Herminio Rendón y el joven Cudurié en un Mustang y Bloomsbury y Joan Telefunken en un Citroën, Pepe Romanoff, que se quedó un rato más, me preguntó de Bloomsbury:

—¿Estás pensando lo que yo estoy pensando? —él estaba pensando lo que piensa de toda la gente: que es homosexual. . .

—No sé —le dije.

Como yo había previsto, la entrevista había sido un fracaso.

Dos o tres días después, Bloomsbury me trajo un ejemplar de la revista *Cuadernos* en donde había un artículo suyo. O mejor dicho, había un artículo atribuido a alguien que llevaba el mismo nombre que Bloomsbury había apuntado donde escribió su dirección, es decir, Bloomsbury. Con esto pretendía demostrar que era escritor.

Pero lo más importante del caso es que entre las páginas de la revista había un talón de giro bancario, que decía "Páguese a: N. Bloomsbury. Por orden del Congreso por la Libertad de la Cultura. La cantidad de: Dos mil doscientos dólares."

En vez de decir "éste es un hombre honrado, puesto que le pagan tan bien", me dije: "Esto es una trampa. ¿Por qué había de dejar aquí el talón, fingiendo un olvido? ¿Para que yo sepa que está conectado con el tal Congreso?"

Por otra parte, debo confesar que nunca había oído hablar del Congreso por la Libertad de la Cultura. El talón tenía una dirección en París y, como todo lo que contiene la palabra "libertad", daba la impresión de que era un organismo antialgo. ¿Sería un organismo capitalista para combatir la opresión comunista, o un organismo comunista para combatir la opresión capitalista?

Esto, por lo que respecta al talón. Por lo que respecta a la revista *Cuadernos*, que nunca había leído, tenía un aire decididamente anticomunista; pero al estudiarla detenidamente, empecé a sospechar que se trataba de todo lo contrario; es decir, de una revista de aspecto anticomunista, hecha por los comunistas, para desprestigiar a los anticomunistas.

El artículo de Bloomsbury era sobre Edmund Wilson. ¿Pero no fue Wilson de izquierdas? Y, sobre todo, ¿no era Bloomsbury un impostor?

Al día siguiente vino Pepe Romanoff a la casa. Venía demudado.

—Oye, ¿tu amigo será gente honrada? Porque me cayó en la subasta y se llevó cosas por valor de tres mil pesos. Me dijo que me pagaría la semana próxima, pero tú sabes cómo son estas cosas, yo no puedo operar a crédito.

—Háblale a Herminio Rendón. Que Bloomsbury te haga una letra de cambio, que te la avale Herminio y la descuentas —le aconsejé a Pepe.

Su respuesta me dejó asombrado. Herminio Rendón había visto a Bloomsbury por primera vez al encontrarse en la puerta de mi casa. El contacto se había hecho por medio de Joan Telefunken la que, como ya hemos visto, no sabía ni quién era Bloomsbury, ni a qué se dedicaba, ni para qué quería tener una secretaria.

Consolé a Pepe con la historia del talón de los dos mil doscientos dólares y cuando se fue, decidí hacer una investigación. Abrí la *Guía Roji* y localicé la calle Camelia, que es paralela a Insurgentes. En tres zancadas me puse allí. Era una calle bonita y silenciosa, con grandes árboles y grandes casas.

"Estos extranjeros siempre consiguen las mejores casas", dije para mis adentros.

Me detuve ante la primera. Era el número setecientos y tantos, así que para llegar al nueve había que caminar hasta el final de la calle.

En el camino fui cambiando de opinión, porque la calle se fue descomponiendo. Al llegar al número trece, me detuve asombrado. No podía creer lo que veía; en la siguiente cuadra no había más que una casa que en sus tiempos había sido amarilla y estaba cayéndose. En el patio exterior había un Ford 36, desmantelado, dos perros flacos, unos niños jugando y dos mujeres tendiendo ropa. Por mi mente pasaron varias escenas de la vida de Bloomsbury *"going native"*.

"¡Esposa inglesa, *my foot!*", dije para mis adentros. Y en voz alta, a la más vieja de las dos mujeres, creyendo que era la suegra del investigado:

—¿No vive aquí el señor Bloomsbury?

—¿El señor qué?

Comprendí que nunca había oído el nombre de su yerno.

—Es un americano, güero, grandote, medio colorado, que tiene un coche también grandote y colorado.

—No, señor, aquí no vive ningún americano.

Cuando iba de regreso a mi casa, pensé:

"Ya lo decía yo: es un impostor."

Este fue el nadir de nuestra relación, porque unos días después de mi investigación en la calle Camelia, vino el sospechoso a mi casa y me llevó a la suya, que era buena, grande y estaba desamueblada. Estaba en una calle que se llamaba Camelias y no Camelia. Allí me presentó a su mujer que era realmente inglesa, a sus cuatro hijos, que eran de carne y hueso, y me enseñó una novela que estaba escribiendo. Decía que estaba becado por el Congreso por la Libertad de la Cultura y que su misión consistía en conocer intelectuales de por acá y ver la manera de ayudarlos.

—Yo pienso que lo único que se puede hacer por ustedes es darles dinero.

Hicimos buena amistad.

Bloomsbury le había dado la vuelta al mundo, o cuando menos, esa impresión me daba. Hablaba cinco idiomas a la perfección, o cuando menos, eso creía él, y se conducía con la seguridad propia de una mezcla de príncipe renacentista y de millonario americano del siglo XX. Como desgraciadamente no era ninguna de las dos cosas y como lo único que teníamos en común era cierta imbecilidad para tratar con la intelectualidad mexicana, nuestra amistad, que fue tan buena, consistió, en la práctica, en una serie de fiascos. Porque fiasco fue, que cuando estaba yo sentado a su mesa, encontrara un ajo en un lugar en donde nunca había yo visto un ajo, que es el interior de una alcachofa, y le diera un mordisco y milagro que no vomitara. Fiasco fue, que cuando él necesitaba quién tradujera su novela al español, le recomendara yo a Frank Klug, que no sabía español. Fiasco fue, que cuando él me preguntó por un buen vino mexicano, le recomendara yo uno cuya marca más vale callar, que le llevara una botella, que la abriéramos, que probáramos el vino y que resultara extraordinariamente agrio.

Bloomsbury era un lingüista consumado y como tal, prefería quedarse en Babia que aceptar que no comprendía el significado de una palabra. A veces, le preguntaba yo, por ejemplo: "¿Sabes qué quiere decir pendejo?", y él contestaba: "Sí"; pero en la cara se le notaba que no había entendido. Esto me divertía mucho. A esta peculiaridad de Bloomsbury se debió el desastre de la traducción de su novela. Aunque todos le decíamos que la traducción no servía, él insistió en que era excelente, hasta el final, cuando hubo que echarla en la basura. Por otra parte, el que yo no fuera un lingüista consumado, provocó otra serie de fiascos menores, como, por ejemplo, el día que estuvimos hablando durante una hora de la enfermedad de *"one of the girls"*. Yo entendí que una de las hijas de Bloomsbury estaba enferma y que la familia de una de las criadas le había cobrado tanto cariño a la niña que habían venido a visitarla desde Texcoco y hasta se la querían llevar, porque no estaban de acuerdo con el tratamiento que había prescrito el médico.

—¡Pero es absurdo! —comenté.

Entonces se descubrió que la enferma era una de las criadas y que sus familiares tenían derecho de llevársela a donde les diera la gana.

Cuando les expliqué que yo había entendido que *"one of the girls"* era una de sus hijas, la mujer de Bloomsbury me dijo, ofendida:

—*But we have only one daughter!*

A lo que yo respondí:

—¿Y cómo voy a saber eso, si nunca le he visto el sexo al niño más chiquito?

—*You're drunk* —dijo Bloomsbury.

Me ofendí mucho, pero no dije nada.

Pero estos fueron fiascos menores, porque hubo otros verdaderamente gordos; como por ejemplo, el de la *Revista Mexicana de Literatura*, que ocurrió de la siguiente manera: él me había dicho que tenía mucho interés en esa publicación y yo, que era redactor de ella y al fin, buen intelectual latinoamericano, fui a contar que "había un americano muy importante que nos iba a dar dinero para la Revista". Para impresionarlo, hicimos una junta monstruo, a la que asistieron todos los redactores, vivos o muertos, y una serie de personas que nunca tuvieron nada que ver con la Revista. Se leyó el material que había, que eran dos cuentos de una literata de cuarta categoría y tres o cuatro poemas horripilantes y todo fue aprobado, sin que nadie pusiera un pero, ni dijera "esto hiede". Después de la sesión, nos fuimos al Sep de la calle de Sonora, a tomar la copa y allí Bloomsbury les antipatizó mucho a todos, que se quedaron pensando "este gringo, ¿quién sabe qué querrá?" El caso es que unos meses después él me mandó llamar y me dijo que el Congreso por la Libertad de la Cultura iba a ayudar a la Revista por medio de un anuncio de la Revista *Cuadernos*. Nos iban a pagar seis meses adelantados, 1500 pesos. Yo entendí 1500 pesos mensuales y, él me decía 1500 pesos por los seis meses. El caso es que fui a la Revista y les conté que nos iban a dar 9000 pesos. Estábamos en el colmo de la euforia, porque eso resolvía todos los problemas financieros de la Revista, habidos y por haber. Cuando se aclararon las cosas, nos pareció que *Cuadernos* era indigna de ser anunciada en una revista tan buena como la *Mexicana de Literatura* y así se lo dijimos a Bloomsbury que se molestó mucho. Mientras tanto, nuestra administración había recibido de *Cuadernos* un anticipo de 500 pesos y los había gastado. Hasta la fecha no sé si los 500 pesos fueron devueltos, si apareció el anuncio o si la *Revista Mexicana de Literatura* le robó a *Cuadernos* 500 pesos. Lo que sé es que Bloomsbury no volvió a meter las narices en revistas mexicanas.

Este fiasco generó otro, que fue peor, porque duró más tiempo y tuvimos que padecerlo hasta que se acabó. Se llama el Fiasco de Jalapa y sucedió de la siguiente manera: la noche que fuimos al Sep de Sonora, se habló de que el grupo de teatro de la Universidad de Jalapa iba a montar *La Mandrágora* y como varios estábamos invitados al estreno y no nos convenía la fecha, decidimos cambiar los boletos, asistir a la representación de la semana siguiente y llevar a Bloomsbury para que conociera a los intelectuales veracruzanos. Cuando estábamos sentados en aquella mesa, hablábamos de un viaje de docena y media de personas; sin embargo, a Jalapa sólo llegamos Bloomsbury, su mujer, Frank Klug y yo. ¿Por qué no fueron los demás? Porque no tenían interés de ir a Jalapa, ni de ver *La Man-*

112

drágora, pero eso podían haberlo dicho antes. El fiasco comenzó desde que a Bloomsbury y a su mujer no les gustó el café que tomamos en Puebla. De allí en adelante, las cosas fueron de mal en peor. Bloomsbury se impacientó porque no pudo encontrar rápidamente la capilla del Rosario, se enfureció porque el Citroën no cabía en el estacionamiento del Hotel Salmones y se dio a todos los diablos cuando los intelectuales que iban a estar allá desaparecieron, porque eran rojillos y no querían tener nada que ver con un representante del imperialismo yanqui.

Mientras comíamos unos camarones de lata en el comedor del Hotel, Bloomsbury no pudo más y explotó:

—¿Dónde están los intelectuales que se suponía que íbamos a conocer?

Lo miré maldiciéndolo en silencio, porque tenía media hora de pasar vergüenzas por su culpa, llamando por teléfono y diciendo: "Estoy en el hotel Salmones, con un escritor americano, muy interesante, que quiere conocerte... etc." Y nones. Que nadie quería conocer americanos. Claro que no decían eso; decían que tenían visitas.

Como los Bloomsburies no bebían, se fueron a dormir la siesta; mientras, Frank Klug y yo fuimos a una cantina y allí estuvimos hablando mal de los ausentes. Después, les jugamos una mala pasada que soportaron con verdadero espíritu deportivo. Consistió en hacerlos cenar tamales, sin tenedor ni plato, en el interior oscuro de un Citroën. Ésa fue mi venganza. Regresamos a México reconciliados, pero después de pasar dos días infernales.

Otro fiasco fue cuando vino David Rousset a escribir sobre la Reforma Agraria y sobre el PRI. Bloomsbury hizo una cena a la que invitó a varios "informantes" para que Rousset se enterara de cómo estaban las cosas. El caso es que al más importante de los "informantes" le sucedió lo que me había sucedido a mí: que anduvo buscando la casa de Bloomsbury en la calle de Camelia, en vez de en la de Camelias. Dieron las ocho y media y empezaron los telefonazos: "Que los señores ya salieron desde hace una hora", aseguraba la criada del "informante". Bloomsbury

113

echaba pestes: "¡Qué falta de educación! ¡Esta gente no vuelve a mi casa!" Cuando estuvo listo el soufflé, empezaron a comerlo en la casa. Cuando llegaron el "informante" y su mujer, nos encontraron con la boca llena y los platos vacíos. Todos estaban enfurruñados; los anfitriones se sentían culpables y los invitados, imbéciles. Así pasamos al comedor y costó mucho trabajo establecer la conversación y yo tuve que hacerla de *straight man* y preguntarle al "informante" cosas tales como "¿en qué consiste el ejido?"

Bloomsbury era amigo de todas las personas que salían a relucir en la conversación: Saul Bellow, Robert Lowell, Roger Shattuck, Jorge Luis Borges, Jack Thompson, etc. Está muy bien que los amigos estén bien relacionados, pero si lo están, más les vale escribir cartitas diciendo "Querido Saúl: aquí te mando un escritor mexicano muy interesante". Si no hay carta, se hacen sospechosos de no conocer a Saúl o de despreciar al interesado por mexicano. Por otra parte, Bloomsbury estaba en buenas relaciones con el Congreso por la Libertad de la Cultura, la Farfield Foundation, la Rockefeller Foundation, etc., es decir, en condiciones propicias para ser considerado Santa Claus. Bloomsbury nunca dijo serlo. Y sin embargo, cuando fuimos con Rousset al Taquito, Rousset pagó la cena y Bloomsbury me dijo:

—Paga tú a los mariachis y yo te pagaré después, que no es bueno que los extranjeros anden pagando mariachis, porque les cobran más.

Y yo pagué a los mariachis con veinte pesos que saqué del bolsillo y que no he vuelto a ver.

Bloomsbury tenía modales heterodoxos. Se quitaba los zapatos y ponía los pies, envueltos en unos calcetines arrugados, sobre la mesa de la sala, pero pasaba al comedor y se portaba como Lord Fountleroy. Sin embargo, una vez que estábamos de sobremesa y con señoras presentes, me dijo:

—No te rasques los testículos.

Pero estos detalles, que pueden esclarecer la personali-

114

dad de un individuo, son inútiles cuando se trata de averiguar su misión.

¿Cuál era la misión de Bloomsbury en México? ¿A qué vino?

Un día me dijo. "Fulano de Tal anda contando que yo vine aquí a comprar intelectuales latinoamericanos." Yo fui a ver a Fulano de Tal y le dije: "¡Hombre, no digas eso!" Pero ni Fulano de Tal ni yo averiguamos nunca si no había que decir eso porque era mentira y Bloomsbury no había venido a comprar intelectuales latinoamericanos, o si no había que decirlo, precisamente porque la misión de Bloomsbury consistía en comprar intelectuales latinoamericanos y había que hacerlo a la chita callando. Alguien me dirá que no se sabe de nadie que fuera comprado y pagado por Bloomsbury, pero esto admite dos explicaciones: que Bloomsbury no hubiera tenido intenciones de comprar intelectuales, o bien, que habiéndolas tenido, no encontrara en México a ninguno digno de ser comprado.

La obra maestra de Bloomsbury en materia de equívocos la hizo el día en que nos invitó a comer a un grupo que comprendía, entre otras personas, a Emir Rodríguez Monegal, Paco Giner, Joaquín Díez-Canedo, Max Aub, Carlos Fuentes, Jaime García Terrés, Norman Podhoretz, Jason Epstein, etcétera. Cuando estábamos tomando el aperitivo, soltó la bomba:

—Los Estados Unidos van a invadir Cuba en junio —dijo.

Todos nos quedamos súpitos. ¡Estábamos tomando el aperitivo en casa de un individuo que tenía información de semejante iniquidad!

Ahora bien. Esto fue en 64. Es decir, que la iniquidad, la invasión de Cuba, no se llevó a cabo. La predicción de Bloomsbury fue falsa. Pero, ¿por qué la hizo? ¿Porque no sabía que no iba a haber invasión y estaba hablando nomás por hablar? ¿O porque sabía que no iba a haber invasión y nos dijo eso para que todos los allí presentes, al verlo equivocarse, creyéramos que no estaba enterado y que, por consiguiente, no era agente de la CIA?

115

FALTA DE ESPÍRITU SCOUT

—Si tú vas al Jamboree —me dijo el maestro Nicodemus—, yo no voy.

Yo lo miraba estúpidamente. Nunca me imaginé que se fuera a poner así.

—Eres un anarquista y vas a fomentar el desorden —explicó Nicodemus.

Estábamos parados frente a la reja del elevador, en el edificio de 16 de Septiembre en donde estaban las oficinas de la Asociación de Scouts de México, de la Liga de la Decencia y de los Fraccionamientos Lanas.

Nicodemus era el Jefe de la Delegación Mexicana al Jamboree; yo era. . . nomás yo, que entonces tenía diecinueve años y ganas de ir al Jamboree.

Después de decir la frase que anoté allá arriba, Nicodemus cambió de brazo el portafolio y entró en el elevador.

Yo había conocido a Nicodemus siete años antes, cuando entré en los Scouts. Él era Jefe del Grupo III.

Yo venía de una escuela de barbajanes, plagada de hijos de la mano izquierda de generales de división, de libaneses recién llegados del Golfo y de judíos gigantescos, que venían huyendo de Hitler y que nos golpeaban cuando nos reíamos en filas, porque creían que nos burlábamos de ellos.

Lo que más me gustó del Grupo III es que parecía escuela de señoritas. Había sido fundado por los hermanos maristas en una escuela marista. Era un grupo de niños decentes y bien portados; Nicodemus, que era el jefe en aquel entonces, no era hermano marista, pero había estudiado con ellos y daba clase en una de sus escuelas. Nadie decía una mala palabra, en las juntas nos enseñaban a curar heridos, a hacer nudos y a comunicarnos por medio del Semáforo y de la Clave Morse; de vez en cuando, se leía el Evangelio y alguien tenía que comentarlo. Un domingo de cada mes había Misa Scout; íbamos uniformados al Hospital de la Luz y en la capilla, el padre Fanales, nuestro capellán, decía misa y nos echaba un fervorín escultista. Cada patrulla tenía un local, atestado de los cachivaches que los Scouts sacaban de sus casas. En esos locales se hacían juntas en las que no sucedía nada importante, pero eran bastante divertidas. Cada quince días había excursión, una vez al mes, campamento y una vez al año, "campamento de topografía". Estábamos levantando el plano del Valle de los Dos Ríos, no sé con qué objeto, valiéndonos de varios instrumentos rústicos; una horqueta y dos ligas, una botella, una pica grabada a modo de baliza, etcétera.

Cuatro meses después de mi ingreso tuve la primera dificultad con Nicodemus. Me habían llevado, como un favor muy especial, porque era muy chico, a un viaje que hicieron "los grandes" a Jalapa y Veracruz. El viaje duró ocho días y costó cuarenta pesos por cabeza; todo incluido: pasajes, hoteles, comida y hasta un peine que le traje a mi mamá. Éramos cuatro: Nicodemus, Julio Pernod, que era el Jefe de Tropa, el Licenciado Cabra y yo.

Pues sucedió que en Jalapa, un día que estaba lloviendo, nos metimos en un cine a ver *Raffles* y esa noche, Julio Pernod y yo, que éramos cineastas consumados, la pasamos hablando primores de Olivia de Havilland y no dejamos dormir a Nicodemus, que amaneció de un humor de perros. Esto fue el prólogo. La culminación vino en Veracruz, cuando Julio Pernod y yo nos negamos a ir a una expedición cinegética, alegando que sólo teníamos un arma, el .22 del Licenciado Cabra, quien era capaz de pasarse toda una tarde balaceando pelícanos, sin hacer un blanco, ni soltar el rifle. Nos separamos en dos grupos y Julio Pernod y yo nos fuimos al cine a ver una película de Carol Landis. ¡Cuál no sería nuestra sorpresa, al ver, cuando se encendieron las luces en el entreacto, que en el anfiteatro estaban Nicodemus y Cabra, que se habían aburrido de tirar balazos!

Cuando regresamos a México, Nicodemus, que era un tarasco marrullero, hizo que el guía de mi patrulla me obligara a pedirle disculpas (a Nicodemus) por mi indisciplina. Según él, yo había incitado a Julio Pernod, que era un retrasado mental de 25 años (yo tenía doce), a irse al cine a ver una película de Carol Landis, "causando la división del grupo expedicionario".

Yo estaba muy aturdido y pedí disculpas. Pero esto no fue más que el principio de la descomposición del Grupo III.

En los cinco años siguientes, Nicodemus renunció cinco veces, cinco veces le pedimos perdón y le rogamos que no se fuera, y cinco veces accedió a nuestra petición y se quedó. Durante esos años, fui acusado por Nicodemus de "formar una hegemonía dentro del Grupo", de "fomentar en los muchachos la ley del menor esfuerzo", de "beber rompope para celebrar el triunfo en una competencia", etc.

Por eso cuando en 1947 pedí permiso para ir al Jamboree, Nicodemus dijo:

—Si tú vas al Jamboree, yo no voy, eres un anarquista y vas a fomentar la indisciplina.

Jamboree, que quiere decir "junta de las tribus" en uno de esos idiomas que nadie conoce, es en realidad una reunión internacional de Boy Scouts. El de Moissons, en Francia, ha sido el más importante en la historia de los Scouts, porque la guerra acababa de pasar y no se reunían desde 1936.

Los franceses prepararon, a orillas del Sena y a unos cien kilómetros de París, un campo que podía recibir a cuarenta mil scouts de todo el mundo. El gobierno británico destinó un crucero para transportar las delegaciones de las partes más lejanas del Imperio; los scouts americanos fletaron un barco para transportar su delegación, que era una de las más numerosas; los scouts marinos de Inglaterra, Holanda y Noruega anunciaron que llegarían hasta el campamento en embarcaciones tripuladas por ellos mismos y tres grupos de scouts aéreos, que aterrizarían con sus planeadores a poca distancia; los scouts españoles, que eran republicanos y funcionaban ilegalmente, iban a cruzar los Pirineos a pie, porque la frontera estaba cerrada, etc.

En un principio se decidió que la Delegación que iba

a representar a México en el Jamboree, debería estar formada por la flor y nata de los scouts, es decir, por los cincuenta mejores scouts de México. Pero había un problema. Como los scouts eran en esa época una organización muy independiente y bastante miserable, cada cual tendría que pagar sus gastos. En consecuencia, el "contingente" iba a estar formado, no por los cincuenta mejores, sino por los cincuenta mejores, de entre los más ricos. Urgía pues, saber cifras, ¿cuánto iba a costar el viaje?

La tarea de organizar la Delegación fue encargada a dos personas: don Juan Lanas y Nicodemus, que eran respectivamente Jefe Scout Nacional y Jefe de la Delegación Mexicana. Don Juan era el encargado del transporte y Nicodemus del adiestramiento.

Nicodemus trataba, sobre todo, de llevar un contingente que fuera no sólo disciplinado, sino dócil, porque había un antecedente fatídico: En la Delegación Mexicana que fue al Jamboree de Holanda, en 1936, se había producido una verdadera revolución que después se convirtió en cisma. Durante seis años hubo en México dos Asociaciones de Scouts: los "reconocidos por Londres" y los "disidentes". La revolución había estallado porque el Jefe de la Delegación Mexicana, Ingeniero Don Jorge Nóñez, había llevado un colchón neumático, que los scouts tenían que inflar cada noche.

No sé quién hizo los primeros cálculos, ni en qué se basó para hacerlos, pero corrió la voz de que el viaje a Europa, de tres meses, incluyendo estancia en el campamento, estancia en París, visita de los castillos del Loire, viaje a Italia, Bendición Papal, etc., iba a costar ¡mil quinientos pesos!

Por supuesto que se inscribieron muchísimos. Entre ellos, yo. Fue cuando Nicodemus me dijo:

—Si tú vas, yo no voy. Etc.

Ahora bien, don Juan Lanas tenía la mala costumbre de hacer viajes a cualquier parte y con cualquier pretexto y después pasarle la cuenta a la Asociación y cargarla en la lista de donativos. Cada año, en la Asamblea, en el Informe del Tesorero aparecía que don Juan había regalado a la Asociación miles de pesos que él mismo había gastado en viajes de placer.

Uno de estos viajes de placer, lo hizo don Juan a Nueva York, dizque para averiguar cuáles eran los medios de transporte más convenientes. Digo que fue de placer, porque regresó con la noticia de que los barcos no existían y de que había que hacer el viaje en avión.

A todo esto, Nicodemus, que en su vida había puesto un pie fuera de México, había decidido deslumbrar a los europeos con los sarapes de Saltillo, los chiles jalapeños, *El caminante del Mayab* y la Danza de los Viejitos. Los cincuenta elegidos, tenían que juntarse dos veces por semana en la Y.M.C.A. a cantar canciones mexicanas y a dar taconazos, bajo la dirección del Profesor Urchedumbre, que era especialista en folklore.

La tristeza que me dio no ser aceptado en el "contingente", se me quitó cuando don Juan regresó de Nueva York. Como la delegación tenía que irse en avión, las cifras se modificaron. El costo del viaje pasó, de mil quinientos a tres mil, de tres mil a cinco mil quinientos y de allí a seis mil. Simultáneamente, el número de asistentes pasó, de cincuenta a veintitrés y de allí a doce, y eso, contando a dos que se orinaban en la cama.

Manuel Felguérez había sido de los elegidos que ensayaban la Danza de los Viejitos, pero no tenía seis mil pesos. Fue él quien decidió hacer otra Delegación Mexicana al Jamboree, formada por él y yo.

—Podemos irnos en un barco de carga —me dijo un día que estábamos tomando el sol en la Y.M.C.A.

En ese momento se me ocurrió una idea que ahora parece muy sencilla, pero que a nadie se le había ocurrido: ir a Wagons-Lits Cook.

Así fue como Felguérez y yo descubrimos en la Avenida Juárez lo que don Juan Lanas no había descubierto en Nueva York: había un barco, que había sido transporte de tropas y que estaba destinado a llevar turistas a Europa y a traer inmigrantes a los Estados Unidos. Iba de Nueva York a Southampton y El Havre y el pasaje costaba quinientos cincuenta pesos mexicanos. Con un par de telegramas conseguimos pasajes en el *S.S. Marine Falcon*, que salía de Nueva York el primero de agosto. El Jamboree comenzaba el día seis.

Ya con los pasajes en la mano, fuimos al despacho de don Juan Lanas, le contamos que íbamos a San Antonio, Texas, y le pedimos una carta de presentación para los scouts de allá. Don Juan, en parte por holgazán y en parte por no saber con quién trataba, nos dijo que dictáramos la carta a la secretaria y que él la firmaría.

Huelga decir que la carta que firmó don Juan decía que Felguérez y yo éramos sus hijos muy amados y que él se hacía responsable de cualquier iniquidad que cometiéramos en el extranjero.

Pero del plato a la boca se cae la sopa. Dos días antes de salir de México nos topamos con don Juan y el Padre Fanales en el Consulado de Francia. Estábamos recogiendo visas. Nosotros, las nuestras, y ellos, las de la Delegación Mexicana.

Don Juan se puso furioso:

—¿No me dijeron que iban a San Antonio? ¡Me han engañado! Yo les di aquella carta creyendo que los Ibargüengoitia eran gente decente.

Dijo esto porque había conocido a un tío mío que era Caballero del Santo Sepulcro.

El Padre Fanales nomás movía la cabeza. Después comentó con alguien el suceso y dijo algo que significaba que Felguérez y yo éramos "llevados de la mala", pero que en sus labios sonaba como que estábamos poseídos del Demonio.

—¡Devuélvanme mi carta hoy mismo! —terminó diciendo don Juan.

Por supuesto que no se la devolvimos. Felguérez llamó por teléfono a varios de los que querían ir al Jamboree y no tenían seis mil pesos, y les dijo que habíamos encontrado medios de transporte que permitían reducir el precio del viaje a la mitad.

Se armó un jaleo. El Consejo Nacional tuvo una jun[...]

de emergencia, en la que se acusó a Nicodemus de incompetencia y a don Juan de estulticia.

Al día siguiente la secretaria de la Asociación habló por teléfono.

—Que pasen a canjear la carta de presentación por una Carta Internacional —dijo.

La Carta Internacional era el documento que lo acreditaba a uno como "delegado" al Jamboree. Felguérez y yo dábamos saltos de gusto.

Don Juan nos recibió con cara de "esta tacita que se rompió, ya nunca se volverá a pegar". Le entregamos la carta de presentación.

—Denme ustedes los datos de ese barco que dicen que va a Europa. Son muy interesantes.

Le dimos los datos del *S.S. Marine Falcon* y él los apuntó en un papelito. Nosotros estábamos esperando a que nos diera nuestra Carta Internacional.

—La Carta Internacional —nos dijo Don Juan—, se las mandaré a Nueva York, porque tiene que ir firmada por el Consejo Nacional.

Nosotros le creímos y esa noche salimos rumbo a Nueva York en Transportes del Norte. Al día siguiente, cuando íbamos llegando a Laredo, nunca hubiéramos imaginado que en esos momentos estábamos siendo juzgados, en ausencia, por un tribunal compuesto por Julio Pernod, el licenciado Cabra y el joven Alhóndiga, pasante de Derecho. El fiscal fue Nicodemus y no tuvimos defensor. La acusación fue "falta de Espíritu Scout". Fuimos declarados culpables y expulsados del Grupo III y por consiguiente, de la Asociación de Scouts de México.

Cuando Felguérez y yo subimos la pasarela del *S.S. Marine Falcon*, encontramos a quince scouts mexicanos que habían aprovechado nuestro hallazgo. Estaban bajo el mando de German Arechástegui, uno de los personajes míticos del escultismo mexicano; se decía que era capaz de caminar tres días sin comer otra cosa que pinole. También venían el Chino Aguirrebengurren y el señor Bronson, dos viejos scouts que estaban aprovechando la coyuntura para darse una vueltecita por Europa. El Chino Aguirrebengurren nos dio la mala noticia: para nosotros no había Carta Internacional, porque habíamos sido expulsados de la Asociación. Cuando ya creíamos que nos iban a tratar como apestados, apareció el señor Bronson y al ver que estábamos vestidos de civiles, dijo en voz de trueno:

—¿Qué esperan para uniformarse?

Así acabó la discriminación. A pesar de que legalmente Nicodemus había triunfado en toda la línea, nadie nos trató como "expulsados".

El *Marine Falcon* casi ni parecía barco. El castillo de proa era muy chico y el de popa nunca lo encontramos; tampoco encontramos la chimenea. Por dentro era todo pasillos y escaleras y por fuera era como una cazuela. Los pasillos y las escaleras iban de los dormitorios a los botes salvavidas y viceversa. Los dormitorios tenían sesenta literas. Los excusados estaban en la proa y no tenían puertas, así que en las mañanas nos sentábamos veintitantos a mirarnos las caras, como los canónigos en el coro.

Todavía a la vista de Manhattan, el *S.S. Marine Falcon* empezó a hundirse. Bajamos a la Cubierta F y encontramos los colchones flotando. Las máquinas pararon y el Capitán estuvo tratando de localizar, por medio de los altavoces, al jefe de mecánicos. Cuando nos fuimos a acostar, todavía estábamos al pairo, a la vista de Nueva York.

En los dormitorios no había ni día ni noche, porque no tenían ventanas y las luces nunca se apagaban. No se oía más que el ruido de los ventiladores y los ronquidos de los pasajeros. Pero cuando desperté y salí a cubierta, el sol había salido y el barco navegaba alegremente en alta mar.

Al segundo día de viaje, el scout San Megaterio fue iniciado en los misterios del sexo por una inglesita de catorce años. Al tercero, el scout apodado La Campechana se hizo novio de una americana. Al cuarto, el scout apodado el Matutino fue seducido por una joven inglesa. Al sexto, corrió la voz de que el scout Chateaubriand había sido seducido por un pastor protestante. Al séptimo, nuestro barco entró en la bahía de Cobh y encalló al tratar de cederle, galantemente, el paso al *S.S. America*: hubo que esperar la siguiente marea para ponerlo a flote. Al octavo, llegamos a Southampton y el Matutino fue degradado por fornicar con el uniforme puesto. Al noveno día llegamos a El Havre.

Un señor con fedora y redingote, que era el jefe de los scouts de El Havre, nos informó a Felguérez y a mí, que no hacía falta Carta Internacional para acampar en el Jamboree, bastaba con tener ganas de hacerlo y dinero para inscribirse.

Antes de abordar el tren de Rouen, Germán Arechástegui nos advirtió:

—Recuerden que están en Francia. Nunca toquen con las nalgas la tapa de un excusado, porque pescan una sífilis.

El Jamboree era un pueblo enorme, con tiendas de campaña en vez de casas y scouts en vez de habitantes. Había zonas comerciales, restaurantes, puesto de bomberos, unos excusados públicos de cartón que al octavo día empezaron a disolverse, iglesias de todas las creencias, etc. Había scouts zapateros, scouts armeros, scouts plomeros, scouts bomberos, scouts intérpretes y scouts policías. Había scouts estafadores, como un viejo *eclaireur* que nos compró dos dólares al cambio oficial.

Felguérez y yo acampamos en el Campo del Zodiaco, que era el lugar de los scouts irregulares y la Capua del Jamboree. Junto a nosotros estaban los españoles, que eran unos vejestorios de treinta y tantos, que sabían de memoria las obras completas de Cantinflas; un poco más lejos estaban los turcos, que eran muy perseguidos por Mustafá Kemal; había scouts austriacos, alemanes desnazificados, persas, kurdos y un japonés.

Como las tiendas estaban bajo un bosque de encinos y los encinos llenos de orugas, los scouts estaban llenos de ronchas. Pero ésa fue la única molestia, porque unas *girl guides* francesas cocinaban y lavaban la ropa y la remendaban si uno se lo pedía. Lo único que tuvimos que hacer fue montar la tienda. Pasábamos el tiempo panza arriba, platicando con los españoles, viajando en el ferrocarrilito que circundaba el Jamboree, nadando en el Sena y visitando los demás campos.

Nicodemus las había pasado negras. En la entrada del campo mexicano, había hecho, con muchos trabajos, una armazón que figuraba el perfil de una pirámide teotihuacana y la había cubierto con sarapes de Saltillo. Cuando Germán Arechástegui vio la portada, no comentó nada. Se limitó a cortar las cuerdas de un nudo vital y la estructura se vino abajo y con ella, el prestigio de su constructor. Por otra parte, los scouts que viajaron en barco contaron con tanto entusiasmo sus experiencias sexuales a los que viajaron en avión, que los hicieron sentirse estafados. ¿Estafados por quién? Por Nicodemus. Se había descubierto que la Compañía Mexicana de Aviación había regalado un pasaje de ida y vuelta: el de Nicodemus. Por último, tenía el problema de la alimentación.

La dieta del Jamboree consistía en carne, papas, zanahorias, chocolate, pan y mantequilla. La carne era dura y parecía curtida; venía de un animal desconocido en América; había que ponerla a cocer a las siete de la mañana para que estuviera masticable a las seis de la tarde. Para esas horas, las papas y las zanahorias se habían convertido en una especie de bolo alimenticio. Hubo scouts que no salieron del campamento por estar atizando el fogón, hubo otros que aprendieron a comerse las papas crudas; pero todos estaban de mal humor, porque la comida era mala. ¿Quién tenía la culpa de que la comida fuera mala? Nicodemus, por supuesto.

Cuando Felguérez y yo íbamos de visita al campamento, Nicodemus nos miraba como si fuéramos transparentes.

Al medio día, el campo mexicano presentaba el siguiente aspecto: había tres o cuatro scouts tratando de cocinar, otros tantos, tratando de dormir a la sombra de las tiendas, los demás estaban sentados en semicírculo, como yogas, frente a unos montoncitos de sarapes de Saltillo, de fajillas de indios chamulas, de sombreros de charro, etc., en espera de algún scout europeo que cambiara estas cosas por una cámara fotográfica, un reloj de pulsera, un radio de pilas, etc. Se habían cambiado los papeles. Ahora los mexicanos llevaban las baratijas y los europeos se deslumbraban con ellas.

Nicodemus había invitado al Coronel Wilson a tomar con los mexicanos el penúltimo almuerzo del Jamboree. Para esta solemnidad había preparado un menú consistente en mole poblano, frijoles refritos, chiles jalapeños y chongos zamoranos.

Quiso su mala suerte que dos días antes del banquete, nos viniera a Felguérez y a mí la nostalgia de la comida mexicana. Estuvimos bastante rato diciendo:

—Unos tacos de carnitas.

—Unos frijoles refritos.

—Unos huevos rancheros.

Etc.

Así platicando, llegamos al campo mexicano. Ya había oscurecido y los scouts se habían ido a las fogatas. Sólo encontramos a La Campechana que estaba cocinando una sopa de avena y jitomate de lata. Con él seguimos la conversación.

—Unos tacos de cabeza.

—Unas quesadillas de huitlacoche.

Al poco rato, no pudimos más y caímos sobre la despensa de Nicodemus.

En el banquete que la Delegación Mexicana ofreció al Coronel Wilson, se sirvieron sardinas de lata y pan con mantequilla.

Pero si este episodio fue ridículo, cuando menos quedó en familia. Malo, el día en que los mexicanos, dirigidos por Nicodemus, cantaron *El caminante del Mayab* ante cuatro mil espectadores. Y peor, todavía, la Danza de los Viejitos. De nada sirvieron los ensayos con el Profesor Urchedumbre, que habían sido con iluminación eléctrica, tablado y música de disco. En el Jamboree no hubo ninguna de las tres cosas.

La cosa salió tan mal, que Felguérez y yo, que estábamos a cien metros, nos moríamos de vergüenza. Germán Arechástegui tocó una chirimía; como no había tablado, no se oían los pasos y nadie llevaba el compás; se fueron unos contra otros. Afortunadamente, con los zapatazos se levantó tal nube de polvo, que cubrió a los ejecutantes y nadie vio el final de la representación.

Cuando se retiraron los mexicanos, entraron al escenario los neozelandeses e hicieron una danza maorí. El scout que estaba junto a mí, me preguntó si esos eran los mexicanos. Por puro amor patrio le contesté que sí.

Felguérez y yo nos fuimos a París dos días antes que la Delegación Mexicana. Al día siguiente, por un asunto relacionado con el Mercado Negro, tuvimos que regresar al Jamboree y por culpa de los ferrocarriles, no pudimos regresar a París en la noche. ¿Qué hacer? No teníamos tienda de campaña y estábamos en camisa. Fuimos a ver a La Campechana y le dijimos que no teníamos dónde dormir. La Campechana, que era muy generoso, corrió al scout Chateaubriand de la tienda, le quitó una cobija al scout San Megaterio y así pasamos la noche: en el lugar de Chateaubriand y con la cobija de San Megaterio.

A las seis y media de la mañana, despertó Nicodemus con las dianas; se puso su gorro de piel de conejo y salió de su tienda gritando:

—¡Arriba todo el mundo, que hay que levantar el campamento!

Y fue a despertar a los perezosos.

Felguérez y yo nos tapamos la cara con la cobija de San Megaterio. Oíamos la voz de Nicodemus, que se acercaba:

—¡Pronto! ¡Arriba! ¡Pronto! ¿Qué haces aquí Chateaubriand? ¡Pronto! ¡Arriba! —para terminar con la frase más teatral que he oído—: ¡Manuel! ¡Jorge! ¿Ustedes aquí?

Se puso furioso y fue a regañar a La Campechana. Le dijo que iba a procesarlo por falta de espíritu scout.

Felguérez y yo ayudamos a levantar el campo y a cargar los trebejos hasta la estación de ferrocarril. En esta operación estábamos, cuando cayó un aguacero que nos empapó.

Felguérez y yo subimos en el tren hechos una miseria; los demás llevaban impermeables. Nicodemus tuvo el único gesto amable de muchos meses.

—Te vas a resfriar —me dijo, y me prestó su suéter.

Cuando llegamos al Refugio Scout que había en París, que estaba en el Local de La Exposición, cerca de la Puerta de Versalles, Nicodemus, en uno de los pocos momentos democráticos de su vida, reunió a los que se habían ido en avión y les dijo:

—He sabido que algunos están inconformes con el viaje que hicimos en avión. Levanten la mano los que quieran regresar en barco.

Todos levantaron la mano. Nicodemus contempló por un momento aquel bosque de manos levantadas y después dijo:

—Bueno, pues los que vinieron en barco, regresan en barco y los que vinieron en avión, aunque quieran regresar en barco, regresan en avión. ¿Que por qué? Porque yo digo. Porque yo soy el Jefe de la Delegación y porque ustedes no tienen todavía veintiún años, ni criterio formado, ni capacidad para decidir por cuenta propia.

Y regresaron en avión.

¿QUIÉN SE LLEVA A BLANCA?

Todo empezó con una obra de caridad: visitar a los enfermos. Mi amigo Willert estaba enfermo de anginas y varias personas fuimos a visitarlo. Durante esa visita nos bebimos la famosa botella de ron que estuvo a punto de causar la muerte de Willert. Pero eso no es lo importante; lo importante es que los visitantes éramos el arquitecto Boris Gudonov, Rita su esposa, Blanca y yo. Boris Gudonov es el villano de esta historia, Blanca y yo fuimos sus víctimas. Rita y Willert no son más que comparsas.

No importa lo que bebimos, ni lo que comimos, ni de lo que hablamos. Lo que importa es que Blanca tenía unos muslos fenomenales, que no bebía una gota y que a cierta hora se puso de pie y dijo:

—Tengo que irme.

—Yo te llevo —dijo Boris Gudonov.

La llevó a su casa en el coche y tardó tres horas en regresar.

Cuando Boris volvió, Rita, Willert y yo estábamos completamente borrachos, pero recuerdo muy bien, sin temor a equivocarme, que Boris se acercó y me dijo al oído:

—No le digas a Rita, pero acabo de acostarme con Blanca.

Ésa fue la segunda vez que la vi. Antes de conocer a Blanca alguien me la había descrito como "una mujer bellísima, enamorada de imposibles". Cuando la conocí estaba vestida de color de rosa fuerte y sentada junto a un joven tímido.

"Éste es uno de los imposibles", pensé.

Me decepcionó mucho. El rosa le quedaba muy mal. Tenía el pelo lacio y muy mal cortado y la piel del color de la cáscara de la chirimoya.

Meses después del episodio en casa de Willert, la encontré en una fiesta en casa de Boris Gudonov. Estaba sentada en un sofá, con tres borrachos alrededor empeñados en tocarle los muslos; tenían una discusión sobre costumbres cristianas. Blanca era muy católica y los borrachos eran ateos y querían hacerla entrar en razón.

Tomé un almohadón y se lo puse sobre las piernas, para protegerla de aquellas palpaciones. Ella me miró sorprendida y agradecida.

—¿Quién se lleva a Blanca? —preguntó Rita, cuando dieron las doce de la noche.

Los tres borrachos, Boris Gudonov y yo ofrecimos llevarla. Blanca se fue conmigo, a pesar de que yo era el único que no tenía coche, ni dinero para el taxi.

Cuando caminábamos por la Colonia Narvarte, le dije que me había dado cuenta de que ella era tímida. Con eso la conquisté.

—Quisiera verte, para tomar un café y platicar contigo —dije. Quería hacer una cita para otro día porque esa noche no tenía para el hotel.

A ella le pareció muy bien. Nos sentamos al pie de una verja y ella empezó a hablar de la "comprensión". Es decir, de lo maravilloso que es cuando dos almas se entienden. Pero las nuestras no se entendieron, porque yo estaba pensando en la cama y ella en el matrimonio.

Al día siguiente fuimos a caminar un rato y después entramos en un restaurante a tomar café. Ella me relató, de una manera abstracta, sus amores imposibles. Yo le dije mi edad y le pregunté la suya.

—Tengo dos años más de los que parece.

Había lloviznado y cuando salimos del restaurante hacía fresco. Le puse mi impermeable encima y le dije:

—Bueno, ahora vamos a hacer el amor.

Ella me miró llena de desencanto.

—Eso sí que no.

—Entonces no perdamos el tiempo —le dije.

Tomamos un camión que la dejaba cerca de su casa.

—Parecemos un matrimonio —me dijo cuando nos sentamos—, que ha ido al cine y que ahora regresa a su casa a merendar café con leche y pan.

Después fue taciturna, pensando, quizá, que yo era "como los demás".

Tres días después se me ocurrió hacer otro intento y la llamé por teléfono. Ella me contestó con la rapidez y la sofocación de quien ha esperado tres días una llamada.

—¿Qué haces? —le pregunté.

—Voy a la Merced —me contestó.

La acompañé a la Merced a comprar pescado, pollo y melones. Cuando tomamos el camión de regreso ya éramos novios.

Al entrar en su casa le toqué las nalgas, causando la hilaridad de unos niños que vivían allí cerca. Ella me miró con reproche.

—¿Por qué eres así?

En la casa no había nadie, pero la vi tan nerviosa que no insistí.

—¿Quieres agua de limón? —me preguntó.

Cuando dije que sí, cogió un vaso que estaba ya servido y abandonado en una mesa y lo metió en el refrigerador, para que se enfriara.

Fuimos a la sala. Había un televisor, un cenicero de porcelana que figuraba una casita con chimenea funcional y varios retratos al óleo de Blanca: de huipil, de tehuana y experimentando la tragedia del Valle del Mezquital.

—Eres de la raza opresora —me dijo.

Fui su novio durante dos o tres semanas. Iba por ella a la Universidad, porque estaba estudiando para trabajadora social. Caminábamos largas horas y después, nos sentábamos en un parque, porque yo no tenía dinero para más. Un día quise convidarle unos sopes, pero cuando supo que eran a peso, le pareció un despilfarro y me llevó arrastrando hasta la esquina.

—No gastes en mí —me dijo.

Y no comimos sopes.

Una tarde, estábamos sentados en una placita que hay en San Ángel, sin decir nada. Cuando pasó un camión haciendo mucho ruido, me dijo:

—Se rompió el hechizo.

No le contesté.

137

Estaba tan resignada a pasar miserias a mi lado, que hasta yo empecé a creer que acabaríamos casándonos.

Blanca vivía con su padre, que era jefe de algún archivo, su madre, que era una abnegada mujer mexicana, la esposa abandonada de un hermano de Blanca, las seis hijas de este matrimonio y un hermano soltero.

Cuando me conocieron, el día en que vimos en la televisión una película argentina, la madre dijo, según Blanca, que yo era "de confianza", pero el resto de la familia pensaba que "todos los hombres son muy malos, ofrecen muchos regalos, etc." Esto me lo contó Blanca, porque yo no les oí decir más que "buenas noches".

—Yo sé que en el fondo eres bueno —me decía Blanca.

Una noche que estábamos platicando en el jardín que quedaba afuera de su casa, llegó el hermano soltero, entró sin saludarme, subió a su cuarto y a los cinco minutos abrió la ventana con mucha violencia, para que supiéramos que era hora de despedirse.

—Me gustas tanto —me dijo un día—, que si pasara junto a mí Rock Hudson, ni lo miraría siquiera.

Me sentía obligado a casarme con ella, porque ella *creía* que iba a casarme con ella.

—Si esto se acabara —me dijo durante uno de nuestros paseos vespertinos—, me daría mucha tristeza.

Y no se hubiera acabado, si no hubiera sido por lo que pasó en el bar "Del Paseo".

La cosa fue así: un día tuve dinero y la invité a tomar la copa. Ella pidió un vermuth batido que le duró toda la tarde. Cuando se lo terminó, me dijo cómo iban a llamarse nuestros hijos.

—El primero, Ernesto, el segundo, Juan, el tercero, Esteban, por San Esteban. Y las mujercitas... etc.

Se apagó la luz en el hotel. Cuando íbamos a salir, nos dieron una vela y bajamos doce pisos alumbrándonos con ella. Al llegar a la calle, le dije:

—Esto no puede seguir así.

Pero así como antes no había entendido que lo que yo quería era acostarme con ella, no entendió entonces que no quería casarme con ella. Explicarle que no iba a haber matrimonio me tomó tres sesiones mortales. Le dije que necesitaba libertad, le dije que tenía dos amantes de las que no quería prescindir, le dije que nunca iba a tener dinero para casarme. En la tercera sesión me dijo:

—Si necesitas libertad y dos amantes y no tienes dinero, vamos a seguir como tú quieras.

Si por allí hubiera empezado, si me hubiera dicho eso al salir del restaurante, después de tomar café, aquella vez que lloviznó, ahora estaríamos casados. Pero lo dijo demasiado tarde.

—Blanca, lo que quiero es no seguir de ninguna manera.

Durante meses, Blanca anduvo lloriqueando y contándole a mis amigos que yo la había abandonado. Después se le pasó, porque no le faltaban oportunidades. Durante una época trató de regenerar a uno de aquellos tres borrachos del sofá; después estuvo, durante años, a punto de casarse con un americano.

Hace poco, el borracho a quien Blanca no pudo regenerar y que seguía borracho, me dijo:

—Cuando Blanca y yo éramos amantes, me decía que a ti te había querido mucho y que nunca le hiciste nada.

Me di cuenta de que me había convertido en otro de "los imposibles". Me puse furioso.

ÍNDICE

LA LEY DE HERODES
SE IMPRIMIÓ EN LOS TALLERES DE
METROPOLITANA DE EDICIONES, S. A.
MAÍZ 33-C. COL. GRANJAS ESMERALDA
MÉXICO, D. F.
SE TIRARON 2 000 EJEMPLARES
Y SOBRANTES PARA REPOSICIÓN

IMPRESO Y HECHO EN MÉXICO
PRINTED AND MADE IN MEXICO